°luftschacht

Sylvia Geist

Letzte Freunde

Erzählungen

Luftschacht Verlag

www.luftschacht.com

Umschlaggestaltung: Florian Anrather
Satz: Livia Neutsch
Druck und Herstellung: CPI Moravia

Die Wahl der angewendeten Rechtschreibung
obliegt dem/der jeweiligen AutorIn

ISBN: 978-3-902373-67-0

Am Steg

Es war der erste Sommer, in dem Mia sich einen Sonnenbrand zuzog und nachts in der Hitze, die ihre Haut gespeichert hielt, nicht einschlafen konnte. Sie dachte sich die Toten als flaschengrüne Schemen in einem Himmel aus Wasser, während ihre Eltern mit der Stille, die sie täglich aufs Neue aus dem Krankenhaus mitbrachten, die des Hauses aufwühlten: das periodisch anhebende Brummen der Brunnenpumpe unter ihrem Zimmer, Dielenknarren, das kalte Sirren aus der Küche, wenn die Neonröhre über der Spüle eingeschaltet wurde.

Es war der Sommer nach dem kahlfrostigen Januar und dem zu warmen März, der Sommer der wolkenreichen, wie von Smog verdüsterten Sonntage, an denen die Mutter das Klavier malträtierte, der Sommer, in dem der Vater den Maulwurf, der alle Bemühungen um den Rasen zunichte gemacht hatte, im Tomatenbeet erwischte und mit einer Harke aufspießte, der Sommer, in dem die Großmutter sterben würde und deren fünf ältere Schwestern Mia ebenso behutsam wie unerbittlich auf das Schlimmste vorbereiteten, indem sie sie daran erinnerten, dass die Großmutter *von uns gehen,* und dass, wenn Mia nicht tapfer wäre und aufpasste, ihre Mutter sich bald *dazugesellen* würde.

Von den gleichförmig verzweifelten Tagen in dem Trauerhaus, zu dem ihr von unzähligen An- und Umbauten verschandeltes, kellerlos auf den märkischen Sand gesetztes Elternhaus geworden war, lenkte sie nur zweierlei ab: die Aussicht auf das Ende des Schuljahres und der Neue in ihrer Klasse.

Unter den staksigen Zwölfjährigen, die nach den Ferien auf verschiedene Oberschulen verteilt werden würden und diese letzten Wochen ihrer nie sonderlich verschworenen, nun aber mittels aller möglichen Riten eifrig zelebrierten Gemeinschaft zu genießen gedachten, wirkte der Neue in seiner merkwürdig schlappen Knochigkeit wie ein Kranker, zu apathisch für die Anstrengung, sein wenig imponierendes Äußeres durch ein gewinnendes Auftreten wettzumachen, geschweige denn durch irgendeine erkennbare Begabung, gleich in welchem Fach.
Als gäbe es ein stillschweigendes Abkommen innerhalb des Kollegiums, machte sich aber auch kein Lehrer die Mühe, dem allein an einem Tisch in der hintersten Reihe hockenden Schatten im verwaschenen Graublau seiner Nichtjeans und kurzärmeligen Wollpullover auf den Zahn zu fühlen – Mia erinnerte sich nicht, dass er während dieser Juniwochen nur ein einziges Mal im Unterricht aufgerufen oder sonst wie angesprochen worden wäre.
Beim Sport blieb er am Rand des Schotterplatzes, dem so gut wie jeder von ihnen einige hübsche Narben an den Knien verdankte, stehen, bis die Wahl der Völkerball- oder Brennball- oder Handballmannschaften unter anschwellendem Gejohle abgeschlossen war und er auf den ungnädigen Wink der Zuchtmeisterin Frau Hanisch, genannt Harnisch, einer Mittfünfzigerin mit sehnigen Gliedmaßen und einem reichen Sortiment anfeuernd gemeinter Beleidigungen, zum jeweils unterbesetzten Trüppchen schlenderte, wo man sein Dazukommen, anders als das beliebterer Versager, völlig ignorierte.
Es mochte der erste Fall einer so umfassenden Übereinstimmung zwischen den beiden Kontinenten sein, ein einmaliger symbolischer Akt des Friedens zwischen der Welt

der Schüler und jener der Lehrer, diesen Neuen nicht zur Kenntnis zu nehmen, oder ein so weitgehendes Ausblenden seiner hängeschultrigen, stummen Existenz, dass man auch diesen Vorgang kaum wahrnahm. Jedenfalls schienen alle davon zu profitieren. Die aufrechten Rücken der Handballstars schlossen sich ganz natürlich zu einer Mauer, tauchte er auf, und der Zaun der Mädchenbeine rückte enger zusammen. Den größten Gewinn machten wohl die Dicken und die Brillenschlangen, die Langsamen und die Empfindlichen, die im Schutz der Kastanienbäume ihre Pausenbrote kauten, wie durch ein Wunder plötzlich abgelöst von ihren ersten Rängen auf der Skala der Absonderlichkeit und des Ausgeschiedenseins.
Umgekehrt zollte der Neue nichts und niemandem mehr Aufmerksamkeit als seiner Tischplatte, in die er, sooft man sich – aus welchem Grund auch immer – zu ihm umdrehen musste, mit einer Zirkelspitze irgendetwas hineinritzte. Einmal warf Mia im Vorbeigehen einen Blick darauf, aber die Platte war ohnehin schon zu zerkratzt gewesen, als dass man hätte entscheiden können, welche dreckigen Wörter oder bösen Männchen nun das Werk des Neuen waren. Sie hätte auch nicht sagen können, weshalb sie überhaupt hingesehen hatte, sein Gesicht nahm ihr jede Neugier. Schmallippig und hart wie auf einer wütend hingehauenen Zeichnung, schien es fast nicht das Gesicht eines Jungen zu sein, sondern eines viel älteren Menschen.

Wann genau er angefangen hatte, ihr aufzulauern, wusste sie nicht, doch als sie seine Anwesenheit wahrnahm – einen diffusen dunklen Fleck auf dem Kiesweg, in den sie jeden Morgen aus dem engen Gang hinter dem Garten

einbog, ihren altmodischen Lederranzen vom Rücken nehmend, sobald die Mutter es vom Küchenfenster aus nicht mehr sehen konnte –, als sie ihn endlich hörte, seine eiligen, über den feinen Split huschenden Schritte, da war es, als wäre er schon seit Tagen hinter ihr gewesen, eine Bewegung in dem toten Winkel, den sie, wenn sie über die Schulter schaute, eben noch ahnen konnte.
Sie spürte den kurzen Schmerz am Hals, das leichte Brennen, als die Handvoll Kies von der empfindlichen Stelle unterm Ohr auf ihre Schulter prasselte.
Im Strandbad und im unübersichtlichen Gelände der Dünen, die ihr und ein paar anderen als Spielplatz dienten, hatte sie gelernt, Angriffe mit Gegenangriffen zu parieren, nur einmal war sie ziemlich in der Klemme gewesen bei einer Prügelei mit einem größeren Mädchen und heulend, mit ausgerenkter Schulter und blutendem Mund, nach Hause gekommen. Und, hast du's der gezeigt?, hatte der Vater mit kühler Stimme gefragt und erst wieder gelächelt, als sie, gedemütigt von ihrer Lüge, nickte. Seither war sie nicht mehr geflohen, also schrie sie dem Neuen jetzt über die Schulter etwas zu, keine gezielte Gemeinheit, bloß eine Beschimpfung aus dem Alltagsarsenal, Idiot, und Du spinnst wohl!, aber er gab nicht einmal mit dem verächtlichen Lachen, das die Angreifer sonst immer parat hatten, zu erkennen, dass er etwas gehört hatte.
Von nun an sah sie ihn täglich morgens und auf dem Heimweg, anfangs aus dem Augenwinkel, bis wieder Kies flog, leere Tetrapack-Milchschachteln, alles, was er, ohne stehen zu bleiben, auflesen konnte. Einmal war es ein abgenagtes, bräunliches Apfelgehäuse. Angewidert wischte sie sich feuchtes Fruchtfleisch von der Wange und versuchte, nicht daran zu denken, dass sein Speichel daran haften könnte.

Während der Pausen behielt sie ihn im Auge, unauffällig, hoffte sie, aber sobald ihr Blick sein Gesicht streifte, verzog er den Mund, auch wenn er nicht in ihre Richtung sah, als spürte er einen Luftzug oder nähme einen Geruch wahr. Allmählich verringerte sich die Distanz zwischen ihnen bis auf Armlänge, wenn er sie bei Ampelrot von der Bordsteinkante des Oraniendamms stieß, gegen die Garderobenhaken neben der Tür zum Klassenraum, im Sportunterricht und in der Schlange vor der alljährlichen Untersuchung durch die Schulärztin – eine Frau mit einschüchternder Duttfrisur und einer Linken, die sich beim Ansetzen der Impfnadel fest wie eine Blutdruckmanschette um Mias Oberarm legte –, beim Passieren des Schultors und in der Falttür des Busses, den sie nun nahm, sooft der Zeitpunkt stimmte, sie also nicht an der meist nur von Erwachsenen frequentierten Haltestelle warten musste. Wenn es darauf ankam, mischten Erwachsene sich nie ein. Es war, grübelte sie, überhaupt ihr Pech, als Einzige ihrer Klasse in den Dünen zu wohnen.

Wenn wenigstens ihr Widerwille nicht gewesen wäre. Sie raufte nicht gern, trotzdem hätte sie ihn beiseite stoßen oder ihm einen ihrer schnellen Schläge versetzen können – obwohl die nicht besonders heftig waren, hätte sie ihn so womöglich auf Abstand gehalten. Aber sie konnte ihn nicht anrühren. Sie hatte eine wirre, doch umso beängstigendere Vorstellung davon, wie sein Körper sich anfühlen würde: wie ein Sack voller Schlangen, die sich unter ihren Händen, unter der stachligen Wolle seiner ewigen Pullis, winden und ineinander verknoten und wieder entwinden würden.

Sie hätte die Eltern jetzt gern öfter ins Krankenhaus begleitet, wo es im Zimmer der Großmutter angenehm ruhig

war, doch man hatte beschlossen, das Krankenhaus sei nicht der richtige Ort für Mia, um sonnige Juninachmittage zu verbringen. Warum sie nicht in die Dünen gehen wolle, weshalb sie in ihrem abgedunkelten Zimmer hocke, anstatt sich mit ihren Freundinnen im Strandbad zu treffen? Darauf hatte sie keine annehmbare Antwort. Sie hatte nicht besonders viele Freundinnen, die beiden besten gingen neuerdings mit Jungs – eine von ihnen, Manuela, hätte sie, als sie mitten auf der Havel einen Wadenkrampf bekam, eher ersaufen lassen als zu dulden, dass ihre Eroberung der rufenden, panisch mit den Armen rudernden Mia zu Hilfe kam –, und die Dünen waren nicht mehr sicher.
Eigentlich waren sie das nie gewesen. Seit Mia denken konnte, waren die hier und da mit struppigen Kiefern bewachsenen Sandhügel der Heiligenseer Dünen Sperrgebiet. Es gab einen Zaun und ein paar rostige Schilder, die das Gelände als Truppenübungsplatz auswiesen, aber der Zaun war nicht mit Stacheldraht gesichert und die Franzosen, die hier ohnehin nur selten übten, nahmen es nicht so genau. Wenn sie einen erwischten, lachten sie bloß und riefen einem irgendwelche Witze hinterher.
Bisher hatte Mia dort nur einen leibhaftigen Franzosen getroffen, an einem nebligen Tag im vergangenen Herbst. Er war seinem aus dem grauverhangenen Nirgendwo hinter einer Barriere aus Schlehdorngebüsch aufragenden Panzer entstiegen wie ein Außerirdischer seiner Raumkapsel, und holte sie nach kurzem Sprint ein, bevor sie im Wäldchen hinter der Ruine des alten Kasinos verschwinden konnte. Er hatte sie an der Kapuze ihres Anoraks festgehalten, in schwer verständlichem Deutsch ermahnt und ihr zu guter Letzt eine Zigarette angeboten. Verlegen hatte sie in die Schachtel gefingert und die Flucht ergriffen, um

am nächsten Tag zurückzukehren, teils angespannt, teils unbekümmert ob der Unwahrscheinlichkeit, ihn und seinen Panzer wiederzutreffen. Die Eltern hassten Panzer, und Mia hasste sie natürlich auch, aber die Ungetüme, die manchmal in den Dünen auf und ab fuhren, schienen nichts weiter zu sein als riesige, schwerfällige Tiere, die sich von Sand und Ästen ernährten.

Die Dünen waren nicht mehr sicher, seit sie ihn dort gesehen hatte. Sie nannte ihn für sich nicht den Neuen. Sie nannte ihn überhaupt nicht, schon gar nicht bei seinem Namen. Er war einfach „er", nicht nur für sie. Hast du gesehen, was für Hosen „er" beim Sport anhatte?, fragte Manuela etwa und schaffte es, die Anführungszeichen gleichsam mitzusprechen. Was meinst du, ob seine Mutter die von der Heilsarmee holt? Mia hob schweigend die Schultern. Ihre Freundschaft war seit der Sache mit dem Krampf abgekühlt. Sie hätte es Manuela sowieso nicht erzählen können. Was auch?

Die Erleuchtung kam an einem Sonntag. Das war nicht weiter verwunderlich. Sonntag war der Tag, an dem die Regeln der Woche außer Kraft gesetzt waren. Nicht einmal die Mutter konnte dann Mia und den Vater vor zehn Uhr an den Frühstückstisch zwingen, und niemand erwartete, dass sie den Nachmittag mit den Freundinnen im Strandbad oder in den Dünen verbrachte, sonntags war sie alt genug für das überwältigend nach Putzmitteln riechende Krankenhaus und die sorgsame Munterkeit der Besuchszeit.

Diese Zeit verging, wie Mia wusste, für den Vater, der immer den Stuhl am Fußende des Bettes wählte, langsam; für die Mutter, die sich behutsam auf die Bettkante setzte, mochte die Stunde zwischen drei und vier überhaupt keiner

Zeitspanne ähneln. Sie selbst fand meistens keinen Sitzplatz und blieb neben dem Nachtkästchen stehen, das taubenblau war wie das ganze Zimmer.
Die Großmutter lag winzig und dünn unter der Bettdecke, ihre blau geäderte Hand mit der Kanüle darin auf dem krankenhausblauen Überwurf. Von der Kanüle führte ein dünner Schlauch zu einem Beutel, der an einem wackligen Metallgestell befestigt und mit einer farblosen Flüssigkeit gefüllt war und leicht hin und her schaukelte, wenn sie sich bewegte und Mias Hand streichelte. Die Mutter redete unaufhörlich. Die Großmutter schloss die Augen und versuchte zu lächeln. Eine Schwester kam herein und sagte, die Besuchszeit sei vorbei. Sie standen schon an der Tür, da sagte die Großmutter doch noch etwas: Jetzt bin ich wieder allein.
Sie, Mia, war nicht mehr allein. Nie war sie allein in diesen Wochen vor den Großen Ferien. Er war immer in der Nähe. Sein schmaler Umriss vor der Ziegelmauer der Schule, sein Schatten auf dem Kiesweg und im Dünensand, seine Arme mit den Ellenbogenknoten in der Fältelung der dunkelgrünen Vorhänge ihres Fensters, sein Spiegelbild in den Schaufenstern des Oraniendamms, seine Schritte, die im Näherkommen den Bootssteg vibrieren ließen, auf dem sie sich manchmal ausstreckte, das sachte, dann schwingende Zittern der Planken, so war es tagsüber. Nachts konnte sie ihn riechen, eine neue Bitterkeit in ihrem Schweiß, wenn sie, verstrickt ins Laken, hart auf dem Boden landete oder, hellwach von einem geträumten Kieswurf, das feine Brennen an der Schulter spürte.

Am Montag nach dem letzten Besuch im Krankenhaus fing der Vater sie an der Gartentür ab. Er musste auf sie gewartet haben. Sie wusste gleich, dass die Prophezeiung der Tanten sich erfüllt hatte, dass es geschehen und die Großmutter *gegangen* war. Die Angst blähte sich in der Kehle wie ein mit Galle gefüllter Ballon, die Angst vor der Prophezeiung zweitem, schrecklicherem Teil, und irgendwoanders in ihr, im Bauch oder in der Herzgegend, flatterte doch die Hoffnung, der Vater würde es nicht sagen, aber natürlich sagte er es: Nicht weinen. Mias Mutter gehe es schlecht. *Hypertonie.* Das klang tückisch, nach Python und Hypnose.

Von Mücken umtobt, starrte sie jeden Abend auf die Schüssel voller Bier im Erdbeerbeet und zählte die Leiber der Schnecken, die wieder nicht hatten widerstehen können. Im Haus baumelten breite Klebestreifen von den Lampen, schwarz von Fliegen. Sie dachte an den Maulwurf, den der Vater getötet hatte: von einer Sekunde zur andern ein Fetzen Nichts auf den Zinken der Harke. Die rosigen Pfoten hatten nicht gezuckt, aber was wusste sie schon.

Aus dem Giftschrank mit den verbotenen Büchern im väterlichen Arbeitszimmer stahl sie das Medizinlexikon. Bilder von Leistenbrüchen, Geschwüren, tumorgeschwärzten inneren Organen. Keine Abbildung von Hypertonie, nur die Information, dass es Bluthochdruck bedeute. Es hörte sich an, als könne das Herz der Mutter sie von innen erschießen.

Der Tag, an dem die Großmutter beerdigt werden sollte, rückte so schleppend heran, dass Mia ihn herbeizuwünschen begann, als könne dieses Ereignis aller Bedrückung ein Ende setzen. Alles, woran sie sich hinterher erinnerte, war die Leichtigkeit des Sands in ihrer Hand, bevor sie ihn in die akkurat ausgehobene Grube warf, und das Gewicht der Hände auf ihren Schultern. Vielleicht war der Vater froh, etwas festhalten zu können. Doch die Erleichterung, auf die sie gehofft hatte, trat nicht ein.

Morgens blieb sie so lange wie möglich im Haus und kehrte am Mittag auf kürzestem Weg zurück. Hast du was, fragte Manuela. Mia schüttelte den Kopf. Nein, nichts. Das entsprach fast der Wahrheit. Sie hatte Angst als billige Mischung gekannt, gemildert durch Wut und Fluchtgedanken, etwas, das nachließ, sobald man sich daran gewöhnt oder sich in Sicherheit gebracht hatte. Diese Angst aber war rein und eingeschlossen im Körper der Mutter, unerreichbar.

Sie wurde vergesslich, unaufmerksam. Beim Sport stand sie mit der Stoppuhr an der Aschenbahn, in Rock und T-Shirt, weil sie ihr Turnzeug nicht dabeigehabt hatte, und war selbstvergessen genug, um die Starts zu verpassen. Geh schon, sagte Harnisch, ausnahmsweise nachsichtig. Wir sind hier sowieso gleich fertig. Im Mief der Umkleidekabine klaubte Mia ihren Ranzen auf und trottete über den Schulhof, der um diese Zeit abseits der fünf Kastanienbäume keinen Schatten bot.

Ihr Schatten stand am Tor, ans Eisengitter gelehnt, sonst war niemand in der Nähe. Er sah zu Boden, tat noch, als bemerkte er sie nicht, doch dieses Mal machte es ihr nichts aus. Er hatte nichts im Arsenal, das ihr jetzt noch etwas anderes als ungezügelt hervorbrechenden Zorn abringen konnte – sollte er doch kommen, ja, beinahe freute sie sich darauf, durchzuckte sie das heftige Prickeln unmittelbar vor einem Schlagabtausch, denn nichts sonst konnte es noch sein: ein Schnellfeuer auf sie beide niederfallender Schläge! Sie schmeckte Kupfer und ballte die Fäuste, wie der Vater es ihr gezeigt hatte, den Daumen über die Mittelknochen der Finger gewinkelt, sodass er nicht abstand, und fiel in Trab.

„Ja, beeil dich", sagte er.
Sie blieb stehen.
Sie sprachen nicht miteinander, hatte er das vergessen? Es war unmöglich, das war doch seit seinem ersten Angriff klar gewesen. Aber jetzt war da etwas in seiner Stimme, etwas wie das Glucksen eines Otters, der zum Luftholen aus dem Wasser auftaucht. Sie wollte es nicht hören.
„Musst du auch", setzte er nach. *„Rennen."* Das in seiner Stimme war kein Lachen, eher die Knospe davon, weniger, ein Same, ein Keim. Sie musste es hören. Sie drehte sich um, es war unmöglich, es nicht zu tun.
„Was?"
Sein Gesicht war ganz nahe. Er hatte einen Kratzer auf der Wange. Zum ersten Mal sah sie ihn lächeln.
„Was quatschst du da?"
„Deine Mutter", sagte er. Immer noch am Gitter lehnend, ein Bein zurückgewinkelt auf dem Mauerabsatz, wirkte er so lässig wie einer der hochgeschossenen Handballgötter. „Deine Mutter stirbt. Du musst dich beeilen – ich meine, wenn du sie noch mal sehen willst."
Das Katzenkopfpflaster unter ihren Sohlen schien an Festigkeit zu verlieren, zu verschwimmen, sich ihr entgegenzuheben, als würde auch sie sich gleich anlehnen können. Er konnte es nicht wissen, sie hatte mit niemandem darüber gesprochen, es war so klar, dass er log, lügen musste. Er wollte sie nur weinen sehen, oder wenigstens ängstlich, es war das alte Spiel, sie konnte es in seinem Gesicht sehen, diesem schmalen, sonderbar alten Gesicht mit dem leisen Lächeln, und plötzlich, blitzartig, sah sie etwas Neues.
Sie rannte los.

Danach wurde er von Woche zu Woche unsichtbarer, sie sah ihn am Tage nicht mehr in ihrer Nähe und lag in den Nächten nicht mehr wach. Nur selten erwachte sie vom dumpfen Summen der Brunnenpumpe, und noch seltener dachte sie an das helle, von Feindseligkeit strahlende Gesicht des Neuen.

An jenem Tag hatte die Mutter sie im Garten gefunden, hinten bei den Johannisbeersträuchern, ausgepumpt vom Rennen, aufgelöst, und hatte versprochen, alt zu werden. Mia hatte die Stirn an den Hals der Mutter gelegt, das regelmäßige Pochen der Schlagader gefühlt und sich entschlossen, ihr zu glauben, und allmählich waren sie zur Ruhe gekommen in dem Holzhaus in den Dünen.

Sie wusste, er kannte sie genauer als ihre Eltern, die nichts ahnten, die nie auch nur einen ihrer schlimmen Träume erraten konnten. Er konnte es, und eine seltsame, fremdartige Trauer erfüllte sie, ein schreckliches Bedauern darüber, dass er sie so verabscheute, obwohl er sie kannte, und besser als die anderen. Er war hellsichtig geworden, wie es sonst nur Freunde sein können, und das hätten sie sein müssen.

Er tat ihr nichts mehr, sei es, weil er ein neues Opfer gefunden hatte, sei es, weil er verstanden hatte, dass es keine Steigerung mehr gab, und weil man manchmal nicht anders kann, als etwas, ein Wissen oder ein Gefühl, mit gleicher Heftigkeit zu erwidern, hatte auch sie es gewusst: Nie würden sie sich näher sein als in dem Augenblick, bevor sie loslief, den nach Asphalt duftenden, mittagsstillen Oraniendamm hinunter, sein triumphierendes Lachen im Rücken.

Manchmal, wenn sie an den langen Sommerferienabenden einnickte, fing die Matratze sanft zu schaukeln, zu schweben an, wie ein Ruderboot auf dem ruhig fließenden Wasser der Havel, vertäut an einem Pfosten des Stegs. Sie fühlte wieder die raue Wärme unter ihren Sohlen, als sie über das Holz schlich, vorsichtig, wachsam, die schmale Silhouette des Jungen vor Augen, seinen gebeugten Nacken. So still saß er da, so reglos, dass er die Fische nicht störte, die dicht an seine baumelnden Füße heranschwommen, oder an ihre. Zwischen den Ritzen der Planken plätscherten die flachen, flaschengrünen Wellen, und sie ermahnte sich, nicht einzuschlafen.

Haie in der Küche

Am Brett hinter der Rezeptionstheke des *Mimosa*, des ersten Hotels von Colesberg, wenn man von Norden kommt, hängen vierzehn Zimmerschlüssel. Der fünfzehnte steckt im Schloss zu Gretas und Erics Zimmer. Der Pool ist ein Kunststoffbecken, einen Meter zwanzig hoch und drei Meter im Durchmesser, zu dem man durch den weichen roten Karoosand hinters Haus watet. Das Frühstück, bestehend aus fettigen Bratwürstchen, einem verkohlten Stück Kalbsleber, Toast, Kaffee und Orangensaft, wird auf der vorderen Veranda serviert. Von dort aus blickt man auf die Mainstreet, eine Schlangenlinie, die in einer Landschaft, die keine Umwege erforderlich macht, unerklärlich bleibt. Bis zu dem Punkt, an dem sie einem vor den Augen verschwimmt, liegen nicht einmal die rissig-prallen Schläuche in undeutlicher Tierform am Straßenrand, die man um diese Jahreszeit im allmählich austrocknenden Kapland fast überall zu sehen bekommt. Wahrscheinlich, überlegt Greta, gibt es in der Gegend um Colesberg keine Herden mehr, die verenden könnten. In den feuchten Höhenlagen der Transkei haben Eric und sie völlig fliegenfreie Kadaver gesehen. Die verdursteten Ziegen hatten in ihrem mumifizierten Zustand gewirkt, als bliebe ihr Tod langsam bis übers Sterben hinaus. Nur der Geruch hatte darauf schließen lassen, dass sich in den schwarzen Bälgen etwas abspielte, das auch sie irgendwann verschwinden lassen würde, derselbe Geruch, der jetzt Greta auf der Veranda des *Mimosa* durch den Mund atmen lässt. Gleich wird sie hineingehen müssen, da riecht es nur nach abgestandenem Zigarettenrauch und Sagrotan.

Im *Ambassador* hatte es Kakerlaken gegeben. Dort hatten sie unmittelbar nach ihrer Ankunft in Johannesburg übernachtet, nach zwei Tagen in Transferbussen, auf den Plastiksitzen der Airport-Lounge in London-Heathrow, unter den zu dünnen Wolldecken in der überklimatisierten Business Class und schließlich in ihrem Mietwagen, einem silbernen Peugeot, der sich durch den Verkehr des Johannesburger Nachmittags schleppte. Eric fuhr mit dem Gefühl, sich permanent in die falsche Richtung zu bewegen. Er hatte die Orientierung nicht verloren, sondern war noch dabei, sich in der gefühlten Seitenverkehrtheit des Linksverkehrs zurechtzufinden.
Dabei erkannte er manches wieder, ein Hotel aus dem 19. Jahrhundert oder die roten Stufen eines Cafés in Hillbrow, wo sie damals so unvergleichliche Waffeln mit Sirup bekommen hatten, *Milky Lane* in der Pretoria Street, alles da, nur um ein paar Ecken verschoben seit der Hochzeitsreise vor vierzehn Jahren. Sie hatten kaum Geld gehabt und flogen, wie sie scherzhaft sagten, auf Einladung der Software-Firma, für die Eric arbeitete. Im Laufe eines Monats revolutionierte er das Abrechnungssystem einer Minen-Company, während Greta sich die Tage mit Museumsbesuchen und Spaziergängen vertrieb. An den Wochenenden unternahmen sie gemeinsame Autofahrten in die Umgebung der Stadt, wo die Goldförderung noch wöchentlich neue kohlschwarze Abraumhügel aufwarf.
Damals hatte man sie in einer Juniorsuite des *Residence* einquartiert, doch das Hotel existierte entweder nicht mehr, oder der Stadtteil hatte sich so stark verändert, dass Eric das Gebäude nicht wiederfinden konnte. Achtmal war Greta ausgestiegen und über die Gangways staubiger roter Läufer mit Aufdrucken pompöser Hotelnamen gelatscht,

während Eric mit taubem Gesicht in zweiter Spur wartete, alles war entweder belegt oder indiskutabel, Eric hatte nichts buchen wollen, und das, hatte sie beim Anblick ihres Zimmers im *Ambassador* gedacht, ist das Ergebnis. Von der Straße her drängte ewiges Rauschen zur Eile, zum Luftholen, zum Bett, Eric legte sich auf sie, und irgendwann schlang sie die Beine mit der zangenhaften Unnachgiebigkeit um seinen Hintern, die sie manchmal mit Leidenschaft verwechseln konnten.

Gegen neun knallten Schüsse, den Klängen nach zu urteilen, aus zwei verschiedenen Waffen. Vom Fenster aus knipste sie das Gewühl vor dem Drogeriemarkt, in dem es offenbar zu dem Zwischenfall gekommen war, und registrierte ohne große Überraschung das Ausbleiben der Polizei. Als Eric, der das Zimmer gleich nach dem zweiten Schuss verlassen hatte, unten ankam, war genau genommen schon alles vorbei, und er gesellte sich zu den alten Männern, die sich über einer Feuertonne neben dem Eingang die Hände wärmten. Greta fotografierte auch ihn und zoomte auf sein enttäuschtes Gesicht. Die Zeit, in der die Männer ihn an ihrem Feuer duldeten, mochten ihm nur ein schwacher Ersatz für das Eigentliche sein, aber immerhin mussten die Alten die ganze Zeit dort gestanden haben, schon während des Schusswechsels, unbeteiligt, unbehelligt, unverwundbar womöglich.

Es gibt viele von ihnen in Johannesburg. Nachts versammeln sie sich um die Feuertonnen, tagsüber warten sie auf ihren Klappstühlen an denselben Stellen auf Kundschaft, Rasiermesser, Kamm und ein Stück Seife in der Brusttasche, Schuhcreme und Bürsten in einem Holzkasten neben sich, auch geklaute Blumen aus den Hotelanlagen, in Plastikeimer gestopft – Geschäftsmänner der Straße, gebrochen und gewieft. Und reich an Legenden, die sie gegen einen kleinen Aufpreis jemandem wie Eric erzählen. Nebenbei bewachen sie die in ihrem Territorium geparkten Autos, das kostet nur zwei Rand und spart hunderte, wenn man die Alternative bedenkt: aufgeschlitzte Reifen, eingeschlagene Fenster. Die Geschäftsplätze rund um die Hotels sind begehrt, also bleibt man. Tag und Nacht.

Gegen drei Uhr, als Greta die auf den Boden getretene Wolldecke wieder an sich gezogen hatte, konnte sie zusehen, wie die braunen Phantasieblumen des Teppichs eine nach der anderen im Licht der Außenreklame aufflackerten, nein: sich zu bewegen begannen. Längliche, braune Blätter, die sich von den Stängeln und aus ihrer Blütenordnung lösten, flinker wurden, aufs Badezimmer zuhielten, wo in der Kachelkuhle unter der Dusche noch eine Lache lauwarmen Wassers stand. Kakerlaken, hatte ihr Eric vor vierzehn Jahren erklärt, mögen es feucht. Trotzdem solle sie morgens ihre Schuhe ausschütteln.

Gegen das *Ambassador* ist das kleine *Mimosa* beinahe komfortabel, anscheinend kakerlakenfrei, und die Ruhe ist vielleicht der einzige Luxus, der in Colesberg zu finden ist. Das Städtchen hat keine Skyline zu bieten außer der eines Drive-in, das mit einer riesigen Blechorange wirbt, über der nachmittags zwischen drei und fünf die kleinere Orange der Sonne hängt, aber inzwischen ist es sechs und binnen Minuten dunkel geworden, Zeit für die Golden Girls.

Die ihnen in die Zimmer und Gaststuben der Unterkünfte folgenden Shows, Soaps und Spots sind kleine Seifenblasen der Gelassenheit, Gelegenheiten, gemeinsam über ein und denselben Gegenstand zu grinsen, bis Eric den

Fernseher abschaltet. Im *Mimosa* gibt es nur ein Gerät im Gemeinschaftsraum, den sie nicht mit anderen Gästen, sondern mit dem Wirt teilen müssen, und der bevorzugt die Nachrichten. Außerdem stört die Gesprächigkeit des Mannes die Grundlage ihres Rituals, sodass Eric hier aufs Fernsehen verzichtet. Seit ihrer Ankunft vorgestern haben sie schon erfahren, dass ihr Gastgeber früher als Wachmann in Johannesburg gearbeitet hat – „... man bekommt eine Uniform und einen Gummiknüppel und passt auf, wer rein- und rausgeht und dass den Damen nicht die Handtaschen geklaut werden ...“ –, dass er geschieden ist – „... meine Frau wollte immer weg von hier, aber als wir es dann waren ...“ –, außerdem Vater einer Sechzehnjährigen – „... hübsch, kaum zu glauben, was?“ –, die er lange nicht gesehen hat und bei deren Erwähnung der Mund hinter seinem Bart sich zu einem Lächeln zu verziehen scheint.

Im *Mimosa* gibt es auch keine Telefone auf den Zimmern. Der Flur mit der offenen Kabine ist leer. Um Eric nicht zu stören, der nebenan auf dem Zimmer seinen empfindlichen Frühabendschlummer schläft, spricht sie leise, aber wie von überall zwischen Johannesburg und Kapstadt aus erklingt ihre Stimme durch den Nachhall der interkontinentalen Verbindung verzerrt, verzögert und dabei unnatürlich verstärkt. Jedes einzelne Wort kann sie in einem Abstand von mehr als einer Sekunde noch einmal hören, so als hätte sie eine zweite, blechern tönende Stimme, die ihr mit ihren idiotischen Wiederholungen unaufhörlich ins Wort fällt: „Und sei lieb zu Omama, hörst du – – –“

„Klar bin ich in Ordnung“, sagt Till im hoheitsvollen Ton seiner dreizehn Jahre und wiederholt, was sie selbst ein paar Sätze zuvor behauptet hat: „Alles wie immer.“

„– – –mama, hörst du ...“

Sie hofft, dass Till, in Anspruch genommen von den Geheimnissen seines eigenen Sommers, das schwungvolle Timbre ihrer Stimme Nummer eins gehört hat, nicht deren näselndes, mäkelndes Echo, das ihm womöglich vertrauter ist als Greta sich eingestehen möchte, und entnimmt dem Ständer an der Rezeption eine Postkarte.

In Durban hatten sie bisher am längsten Station gemacht. Es gab den feinen Sand, der zwischen Schwelle und Türblatt hindurch in ihr ebenerdiges Appartement rieselte und auf dem man stundenlang hin- und herwandern konnte, wenn man von der Promenade nach Hause gekommen war, einer Betonmeile, flankiert von Boutiquen, Fischlokalen sowie den gläsernen Bienenstöcken der Appartement- und Bürohäuser, aus denen in der Mittagspause die Schlipsträger mit dem Surfbrett unterm Arm strömten, später die alten Damen mit an ihren Leinen zerrenden, vor Hitze keuchenden Hunden und am Abend die mit betörender Halbnacktheit bekleideten jungen Paare. Dreihundert Meter weiter ist der ganze Trubel vergessen und der Strand gesäumt von Warnschildern. Angeblich lassen sich hier nach Einbruch der Dunkelheit Haie ins Seichte treiben.
Im Tadsch-Mahal des *Wheel*-Kaufhauses waren Eric und sie vor den Auslagen der Juweliergeschäfte stehen geblieben und hatten über Preis und Design der Stücke gefachsimpelt. An ihrem letzten Tag in Durban hatte Eric sich eine Damenuhr mit zierlichem, halbrundem Zifferblatt gekauft, viel zu schmal für sein Handgelenk. Greta lächelte dem Verkäufer aufmunternd zu, während Eric die Uhr umband und mit flotter Gebärde bezahlte. Der Mann trat ans Schaufenster und glotzte ihnen nach, aber das hätte er sicher auch getan, wenn sie ihm erklärt hätte, dass Eric die

Uhr ohnehin bald wegwerfen oder an den Nächstbesten verschenken würde.
Anschließend gingen sie zum Strand, um die kurzlebige Entspannung zu feiern, die so einem Kauf zu folgen pflegte. Sie öffneten eine Flasche Weißwein, aßen Brot, Käse und getrocknete Aprikosen, den Blick auf den Horizont gerichtet, bis es dunkel war. Gerade jetzt musste das Meer eine Wonne sein, ohne rücksichtslose Surfer und kreischende Kinder, warm vom Tag, und während sie noch über die Warnschilder nachdachte – jedes mit dem graphischen Klischee einer bevorstehenden Haiattacke, einem auf einer Seite stark abgeschrägten Dreieck unter dem kurzen Text –, hatte Eric bereits Jeans und T-Shirt abgelegt und war hineingewatet, ohne auf sie zu warten. Sie hatte ihn die Arme laut aufs Wasser werfen hören und sich vorgestellt, wie er dort draußen mit dem Schädel voran das Wellengekräusel durchbohrte, blind vor Salz und Dunkelheit. Er war nicht einzuholen, wenn er es nicht wollte, außerdem hatte sie kein Badezeug dabei. Sie folgte ihm trotzdem.
Im Dunst des Abends war es nicht genau zu erkennen, aber sie meinte, ihn unweit der Bojen zu sehen, die die Fahrlinie der Boote auf dem Weg in den Yachthafen markierte, und kraulte voran, so schnell sie konnte. Bei der ersten Boje angekommen, hielt sie sich an der vom Salz aufgerauten Plastiktonne fest und erwartete Erics anprallendes Gewicht, mit dem er das Ding zum Schwanken bringen würde. Oder er schwamm ungesehen an sie heran, streifte ihre Beine, um prustend aufzutauchen: „Was ist – hast du etwa gedacht, es wäre der große Weiße?"
Nach zehn Minuten – es konnten nicht mehr sein – war die Luft an ihrem die Boje umklammernden Arm wärmer als das Wasser. Keine Schwimmbewegungen mehr, nur

ein Dümpeln in der kühlen Strömung. In der Biegung der Bucht glitzerte ein Zipfel Promenade. Die Uferstelle, wo sie und Eric ihre Sachen abgelegt hatten, lag nördlich davon in der Finsternis. Um dorthin zu finden, musste sie sich demnach weiter rechts halten, sonst würde sie ein gutes Stück laufen, in Höschen und BH über den breiten, hell erleuchteten Weg rennen müssen.
Sie legte den Kopf zurück: noch kein Mond. Schwärze. Schwärze, die aus dem Wasser aufstieg, aufging in der tintigen Küstenluft, als etwas ihre Beine streifte.

Im Gemeinschaftsraum des *Mimosa* hockt der Wirt in seinem Sessel, in dieser Haltung immer noch ungefähr so groß wie Greta im Stehen, und sieht fern, eine Schönheitskonkurrenz diesmal, live aus Johannesburg: entzücktes Kreischen, gefolgt von Werbung und einem Beitrag zur Verkehrserziehung. Ein Mittzwanziger mit verkehrt herum aufgesetzter Schirmmütze preist die Vorteile des Alkoholverzichts. Er lässt nichts aus, setzt einem das wirklich haarklein auseinander. Nach dreitausend Meilen im Peugeot wundert sich Greta nicht darüber. Es gibt Gegenden, in denen einem pro Stunde ein Fahrzeug entgegenkommt, und dann heißt es die Augen offen halten.
Der riesige Wirt nickt ihr zu und greift nach der Fernbedienung, um den Ton leiser zu stellen. Greta streift die Sandalen ab und zieht die Füße auf den fusseligen Bezug ihres Sessels. Der Verkehrsspot wird von Kondomwerbung abgelöst.
„Ihr Mann hat sich schon hingelegt?“ Der Riese deutet mit dem Kinn in Richtung Flur. „War wohl eine lange Fahrt.“
Eric legt sich nicht um fünf Uhr nachmittags schlafen, weil er müde von der Fahrt ist, sondern weil er inzwischen

nur um diese Zeit noch Ruhe findet. Um Mitternacht herum wird er aufwachen, hungrig auf die nächste Etappe kaum den Morgen abwarten können, im Zimmer auf und ab gehen, bis auch Greta, die noch nicht so weit ist wie er, frisch oder einfach nervös genug für den Aufbruch ist. Schon länger hat sie den Eindruck, nicht sie bewegten sich durch das Land, sondern es bewege sie, schöbe sie wie Spielfiguren an den Koordinaten ihrer Gewohnheiten und Eigenarten entlang, die sich ihrerseits so weit verschoben haben, dass sie sich daran erinnert wie an die absonderlichen Gepflogenheiten entfernter Bekannter.

„Vierhundert Meilen", nickt sie, „vielleicht etwas mehr. Mittags ist uns ein Reifen geplatzt, in Three Sisters."

„Three Sisters? Da gibt's nicht viel ..."

„Wellblechhütten, Wäscheleinen ... und ein paar Typen mit hochgereckten Mittelfingern."

„Na ja, ich frag Sie nicht, ob Sie das verstehen. Aus entsprechender Entfernung versteht man eine Menge, nehme ich an. Möchten Sie was trinken?"

Greta versteht kein Wort Afrikaans, die Empörung der Einwohnerschaft war aber auch so deutlich genug geworden – oder nein, lediglich die der jungen Männer von Three Sisters. Sie denkt an die Tritte gegen die Kotflügel, an die Unterseiten der Fäuste, gegen die Fensterscheiben gepresst, sodass die Haut ganz hell wurde.

Sie hätte den Wagen zwar lieber vorsichtig die Piste hinunter und aus dem Ort rollen lassen, doch mehr aus Gründen der Höflichkeit als aus Furcht. Sie hatte sich merkwürdig sicher gefühlt. Ihnen, das spürte sie, konnte hier nicht mehr geschehen als bei dem Zwischenstopp in Umtata.

Dort hatten sie, noch auf einer der ersten Etappen ihrer Fahrt, in dem zur Raststätte umgemodelten Hinterzimmer

einer Tankstelle Kaffee getrunken, zwei freundliche, zahlungswillige, ostentativ friedfertige weiße Durchreisende, die stumm an einem Tisch mit geblümter Wachstuchdecke saßen und sich der aussichtslosen Anstrengung unterzogen, nicht aufzufallen. In Wirklichkeit hatte ihre einzige Behelligung in dieser vagen Unbehaglichkeit bestanden. Kein Mensch hatte sie bedroht. Nicht einmal die nachlässige Haltung der Bedienung war persönlich gemeint gewesen, so wenig wie das kurzangebundene Kopfnicken der Frauen, die am Straßenrand auf ausgebreiteten Bastmatten Nüsse und Dörrobst feilboten, oder das brütende Schweigen der alten obdachlosen Parkplatzwächter. Das alles sind Gesten von Leuten, die noch nicht lange Herren im eigenen Land sind, Attribute einer Würde, die noch nicht an Souveränität gewöhnt ist, und in Three Sisters waren sie vermutlich bloß in irgendein Dorffest geplatzt, zu dessen spontanen Höhepunkten das Imponiergehabe vor ungebetenen Gästen gehörte.
Es hätte allerdings sowieso keinen Zweck gehabt, Eric zu fragen, was er sich davon versprach, eine Panne, die ihn anderswo keineswegs daran gehindert hätte, ein paar hundert Meter weiterzufahren, unter dem angeberischen Protest der versammelten Jungmänner zu beheben. Doch welcher Impuls ihn auch treiben mochte, es darauf ankommen zu lassen, die feindseligen Rufe verstummten, sobald Eric die Wagentür öffnete. Die Umstehenden traten zurück. Finstere, schwerlidrige Blicke, ein schwaches Raunen. Dann nur noch das Scheppern des Wagenhebers in Erics wütenden Händen.

Auf dem Bildschirm zanken nun tatsächlich die Golden Girls, sie legen sich tüchtig ins Zeug, gackern mit dem Publikum um die Wette. Der Riese stellt den Ton ab. Draußen ertönt ein Schrei, hell und durchdringend wie der eines Kindes.

„Keine Angst“, sagt der Riese. „Nur so ein Vogel.“

Greta überlegt, was die Vogelschreie bedeuten könnten: Lockruf, Warnung, Klage? Etwas ganz anderes, das kein Mensch begreifen kann?

Vor Jahren war einmal ein Grünling gegen ihr Schlafzimmerfenster geflogen. Vom Anprall betäubt lag er auf dem Balkonboden, mit aufgerissenem Schnabel und pochender Brust, als könne sein Herz sich jeden Moment aus dem Körper lösen und neben die rote Persenning fallen, aus der sich unter knatternden Salven der Landwind losriss, nur um sich im nächsten Moment aufs Neue darin zu verfangen. Till kam angerannt, erfüllt von Mitgefühl und Begeisterung streute er Sonnenblumenkerne um den ohnmächtigen Körper und besprenkelte ihn mit rücksichtslosen Wassertropfen aus dem Sprühkopf der Plastikflasche, mit der Greta ihre Bügelwäsche befeuchtete. Er weinte fast vor Enttäuschung, als der Grünling sich eine Stunde später erholt hatte und, noch benommen, in die nahe Hecke segelte: „Wird er uns jetzt nie mehr besuchen?“ Obwohl Greta es besser wusste, hatte sie es ihm versprochen.

„Und wohin nun?“

„Nach Knysna.“

„Zum *Featherbed*?“

Der Wissensdurst des Mannes fängt an, ihr auf die Nerven zu gehen.

„Vielleicht. Eigentlich haben wir genug von Parks.“

„Es ist ein Vogelreservat, wissen Sie. Keine Raubtiere, falls Ihnen das Sorgen macht. Also fast wie hier, haha!“

Greta begnügt sich mit einem freundlichen Nicken. Sie könnte natürlich seine Neugier stillen, bezweifelt aber, dass er für eine Geschichte wie die von ihrer Fahrt durchs Gehege die richtige Art von Humor hat.

Irgendwo hinter East London hatte Eric sich verfahren, das erste und bisher einzige Mal, aber beide taten sie so, als wäre er mit Absicht falsch abgebogen und der Besuch im Wildpark eine Überraschung, die er für Greta in petto gehalten hätte.

Das Gehege war klein, vielleicht zehn Meilen im Durchmesser. Hohe Zäune trennten Jäger und Gejagte voneinander, in jeder Abteilung gab es hässliche Brunnen aus Beton, auf deren trübe Wasserspiegel sich Myriaden von Fliegen niederließen, aufschwebten und wieder herabsenkten wie Rauchzeichen. Dazu eine kleine Schar sandfarbener Springböcke und einige alte Schimpansen. Die Tiere hockten abgestumpft unter einem blassen Himmel, es herrschte der für solche Gehege übliche Mangel an Platz und natürlichen Feinden.

Bei den Löwen hatte Eric den Motor abgestellt. Schläfrig betrachtete Greta die um ein paar Fleischbrocken lagernden Katzen. Ab und zu erhob sich eine, umkreiste träge die Gruppe, um sich einen Augenblick später wieder der allgemeinen Apathie zu überlassen. Manchmal lief ein Zittern über die ausgestreckten Körper, zuckten Tatzen wie in Träumen von Jagd und Rausch. Immer noch ohne einen Verdacht, tastete Greta nach der Tasche mit dem Wasservorrat, die sie auf der Rückbank deponiert hatte. Ein heißer Luftzug kitzelte die Härchen auf ihrem Arm. So behutsam wie möglich drehte sie sich um. Die hinteren Fenster waren offen, hinuntergekurbelt bis zum Anschlag.

„Bleib ganz ruhig“, murmelte sie mechanisch.

Eric drehte den Zündschlüssel: „Na, aufgewacht?“ Mit schurrenden Reifen rollte der Peugeot vor das vergitterte Tor. Eric drückte auf die Hupe.

„Hör auf!“, schrie sie ihn an. „Hör auf damit!“

Kein Mensch ließ sich blicken. Eric hupte erneut. Eine der Großkatzen wandte den Kopf und blickte zu ihnen herüber.

„Du solltest damit aufhören.“ Es kam ihr vor, als sagte sie es zum hundertsten Mal, dabei konnte sie sich nicht erinnern, schon einmal so aus der Reserve gelockt worden zu sein.

„Wirklich?“, fragte Eric in dem zerstreuten Ton, der sie am meisten provozierte.

Die Löwin stand steifbeinig auf und näherte sich dem Wagen. Greta vermochte nicht zu entscheiden, ob ihr langsamer Gang unentschlossen war oder vielmehr die instinktive Vorsicht des sich anpirschenden Raubtiers verriet, und was klüger sein mochte, hastig das Fenster hochzukurbeln und auszuharren oder den Wagen zu wenden und Vollgas zu geben, als das Tor sich auf einen Knopfdruck des wohl endlich aufgewachten Wärters hin schwerfällig öffnete.

„Also gut“, seufzte Greta, mit einem Mal schlapp vor Erleichterung und durchrieselt von deren kurzatmiger Euphorie, „wir, wir sollten damit aufhören.“

Eric zerrte mit einem ungeduldigen Schnarren an der Sonnenblende, und der Dunst riss auf.

Der Riese geht zum Kühlschrank, der an der fensterlosen Stirnseite des Zimmers thront wie ein grauer, sanft glänzender Schrein, entnimmt ihm eine Flasche, greift zwei Gläser vom Regal, macht kehrt und guckt auf ihre Beine.

„Eis?“

„Gern.“

Als er in die Knie geht, um ihr Feuer zu geben, ist sie nicht sicher, ob sie das jetzt nicht doch komisch finden darf, beherrscht sich aber. So paradox sie es findet, scheint doch Selbstbeherrschung nicht selten der Weg des geringsten Widerstandes zu sein.

„... Wie bitte?“

„Was für Fotos machen Sie denn?“

„Ach, nichts Besonderes. Meistens Porträts und Hochzeitsfotos. Aber ich nehme auch Aufträge von Kindergärten und Schulen an. Gruppen- und Einzelbilder.“

„Und Ihr Mann?“

„Das ist schwerer zu erklären.“ Sie lächelt und hält dem Riesen ihr Glas hin: „Ich fürchte, ich weiß nicht genug darüber. Es hat mit Programmen zu tun. Programme für andere Programme, damit die reibungslos laufen oder reibungslose Abläufe in Betrieben ermöglichen, so in etwa. Früher hat er in der Entwicklungsabteilung gearbeitet. Inzwischen hat er sich auf Fehler spezialisiert.“

„Sagen Sie bloß, dafür muss man studieren.“

„Na ja, er denkt sich Fehler aus“, versucht Greta zu erklären. „Störungen, die auftreten und die Programme lahmlegen könnten. Die Leute in der Entwicklungsabteilung müssen die Software dann so ummodeln, dass sie immun gegen solche Fehler ist.“

„Hm, hm.“

„Ich sagte ja, ich habe keine rechte Vorstellung von dem, was er macht.“

„Sie leben in der Stadt, oder?“

„In einem Vorort.“

„Schönes Haus?“

„Weiß. Außen und innen.“

„Bisschen farblos, oder?“

„Kommt darauf an, wie man's betrachtet. Eric wacht über die Wände – also mein Mann, er achtet darauf, dass außen der Putz überall immer gleich weiß ist. Alle drei Jahre lässt er die Maler kommen, dann passt er auf, dass sie drinnen die Tapeten nicht falsch ankleben. Sonst könnte man aus einem bestimmten Blickwinkel die Kanten sehen."
Der Riese nimmt ihr die heruntergebrannte Zigarette aus der Hand. Draußen fängt der Vogel erneut an zu schreien.
„Sollten Sie nicht mal nachsehen?", fragt Greta. „Vielleicht ist da was."
„Ein wildes Tier, meinen Sie? Wie ich schon sagte, hier gibt es keine wilden Tiere." Er lacht gereizt: „Machen Sie die Augen auf: weit und breit nichts. Also, was suchen Sie hier? Vielleicht Löwen?"
„Genau", sagt sie und reicht dem Riesen ihr Glas.
Er fasst die Flasche so kurz am Hals, dass es aussieht, als fließe der Whisky wundersamerweise direkt aus seiner Faust: „Im Ernst, wie kommen Sie überhaupt nach Colesberg – aus Europa!"
Greta stellt sich einen Fernsehspot vor, eine Art Erläuterung von Gesprächsregeln, um die Primetime einzuläuten. Sie wischt sich eine Lachträne aus dem inneren Augenwinkel in Richtung Schläfe: „Entschuldigung ..."

Hilfe.
Wo war ihr das in den Sinn gekommen? In Durban, allein im Wasser der nächtlichen Bucht.
Hilfe, hatte sie gedacht, nur das Wort, hatte es für sich wiederholt, so nüchtern wie man eine beliebige Vokabel wiederholt. Es gab keinen Grund, in Aufregung zu geraten, wenigstens nicht der Filmfische auf den Schildern wegen.

Falls es vor Durban überhaupt noch Haie gab, bevorzugten sie sicher andere Stellen, und wenn Eric einem verirrten, unwahrscheinlichen Hai begegnet wäre, dann hätte sie etwas hören müssen.

Wann hatte sie zu rufen angefangen, nach dreißig, vierzig Minuten? Wirklich?

Ja, so wirklich wie ihr Keuchen, als sie zurückschwamm, sich am Ende ins Seichte treiben ließ und an Land mehr kroch als ging, so wirklich wie die Seitenstiche, um die sie sich zusammenkrümmte, eine Hand auf den Unterbauch gepresst, während sie den Strand absuchte, schließlich über ihr Kleiderbündel stolperte, sich anzog und triefnass und zähneklappernd an den ihr aus den Schaufenstern des *Wheel* nachblickenden, noch in ihrer Nacktheit mondänen Puppen vorbei den Weg zum Appartementhaus einschlug.

Die Fenster zur Seitengasse, die das Haus mit den Garagen verband, waren dunkel bis auf einen grünlich-öligen Schein aus der Küche, ein Fluoreszieren, das dort drinnen auf den Wänden lag und vom geöffneten Kühlschrank oder von der Glühbirne über dem Herd herrühren musste. Was nur bedeuten konnte, dass Eric, als er sie am Strand nicht gefunden hatte, tatsächlich schon allein ins Appartement zurückgekehrt war. Sie sollte sofort hineingehen.

Die Sandalen in der Linken, tappte sie auf nackten Sohlen unter das schwach erleuchtete Fenster und äugte, an der Hauswand lehnend, seitlich ins Innere des Raumes. Etwas bewegte sich durch dieses kränkliche Licht. Schatten. Nicht Erics. Ein langsames Gleiten, das an den Wänden entlang seine Kreise zog, eine schlanke Bordüre aus Schatten, die auf mittlerer Höhe des Raums über den ölig schimmernden Grund schwammen, mit derselben trügerischen

Ruhe wie die attrappenhaften Leiber von wartenden, witternden Haien.

„Haie? Hier in der Bucht?“, fragte Eric amüsiert, als sie nebeneinander auf dem Küchenfußboden saßen und den Verhau aus herausgerissenen Schubladen, umgestoßenen, ramponierten und ansonsten leergeräumten Möbeln betrachteten, den Unbekannte aus dem hübschen Ferienappartement gemacht hatten. „Wenn überhaupt, dann sind sie wohl an Land gegangen. Haie mit Messern. Schau dir mal die Sessel an, wie sie die zerfetzt haben. Schade, dass ich sie nicht mehr erwischt habe ...“

Zweifellos konnten sie sich doppelt glücklich schätzen. Sie hatten noch ihre Brieftaschen, die Pässe und die Wagenschlüssel. Und sie waren außer Haus gewesen. Hätte Eric andernfalls den Helden gespielt? Sie konnte ihn kaum noch einschätzen, konnte es von Woche zu Woche weniger. Spielte er mit den Gefahren, oder wich er ihnen nur nicht mehr aus? Und täuschte sie sich, oder reagierte nicht auch sie schon gleichgültiger als sie es von sich kannte? Wären sie zu Beginn der Reise in eine Situation wie diese geraten, hätte sie gewiss darauf bestanden, den Sicherheitsdienst zu alarmieren, sich zu beschweren, irgendetwas zu unternehmen.

Einen Atemzug lang fühlte sie sich zerschlagen, als wären nicht ihre Koffer fort, ihre Kleider, Schuhe, alles, was sie bei sich gehabt hatten – vor allem ihre Fototasche mit sämtlichem Zubehör –, sondern als wären sie selbst aus der Welt, Verschollene, die man aufgegeben hatte. Den Kopf an die Wand gelehnt, blickte sie hinauf zum Deckenventilator. Er rotierte auf langsamster Stufe. Über zweien seiner sechs Blätter hing etwas Schweres, Schlaffes, und warf seinen Wanderschatten an die Wand. Es war die

graue Gummimatte aus der Badewanne. Eric folgte ihrem Blick und gab einen gurgelnden Laut von sich, als hätte er sich verschluckt: „Haie, genau!“ Endlich begriff sie, dass er lachte: „Mit einem großen Appetit auf Lederkoffer. Sogar“, er rang um Luft, „sogar deinen Kulturbeutel haben sie mitgenommen!“
Eric lachte noch immer, und plötzlich hätte sie wer weiß was darum gegeben, dass er aufhörte.

Der Riese lacht nicht mit.
„Schon gut“, sagt er und steht auf.
Noch ehe sie sich zurücklehnt, sieht sie das Bild, das sie abgeben werden. Eine Frau, die Arme um die angezogenen Beine geschlungen, das Gesicht des Mannes, der sich ungelenk über sie beugt, die faltigen braunen Halbmonde unter seinen geschlossenen Augen, die bärtigen Wangen, der kaltfeuchte Mund: Flächen, Wölbungen, Schatten, die sich bewegen, erst zaghaft, dann heftiger.
In Johannesburg wird die neue Miss South Africa gekürt, Greta beobachtet über die Schulter des Riesen hinweg, wie die unter dem Make-up noch kindlichen Züge der Schönen sich im Widerstreit zwischen mädchenhaft verlegener Freude und eingeübter Begeisterung verzerren, während die hochgereckten Trompeten der Big Band lautlos triumphieren – und auf einmal ist das viel zu nahe Gesicht des Riesen ein verschwommener alter Fleck im Lampenlicht, irgendein störender Farbwert auf der grauen Platte, als die Greta sich ihr Erinnerungsvermögen vorstellt, und am oberen Rand des Bildes ragt nun eine weitere Figur auf, ein Umriss, deutlich und dunkel wie eine Gestalt im javanischen Schattentheater.

Sie weiß nicht, wie lange Eric schon in der Tür zum Gemeinschaftsraum steht und ihnen zusieht, sie hat ihn nicht aus dem Zimmer und über den Gang kommen gehört. Die Vogelschreie müssen ihn vor der Zeit geweckt haben.
Die Handgelenke an die Stirn gepresst, so sitzt der Riese da, bis der Peugeot aufbrummt, leiser wird, verklingt und das Kreischen vor dem Fenster wieder zu hören ist. Sie könnte ihn beruhigen, ihm versichern, dass nichts geschehen ist, noch geschehen wird, keinem von ihnen, aber es ist die letzte Gelegenheit, den Riesen schweigen zu hören, und sie mag ihn dabei nicht unterbrechen.

Einmal, in Hermanus, hätte nicht viel gefehlt. Eric und sie standen oberhalb der Klippen und blickten auf die Häuser unten, prachtvoll weiß vor der Brandung, rein und roh wie Skizzen, als könnte immer noch alles Mögliche aus ihnen werden, und anscheinend deckungsgleich mit den Aufnahmen, die sie vor vierzehn Jahren an derselben Stelle gemacht hatte: der Ozean, der Himmel, der Mann am Aussichtspunkt. Hätte sie ihren Apparat noch gehabt, sie hätte ein Bild von Erics Rücken machen und den in ein früheres Foto montieren können, oder sie hätte ihn auch weglassen können, an ihm vorbei auf die Küstenlinie halten oder geradewegs die Luftlinie entlang ins Leere, eine seiner Rückenansichten aus dem Album scannen und in das unverändert strahlende Himmelblau des jüngeren Bildes versetzen. Sie dachte an die zahllosen möglichen Manipulationen. Technisch wäre das ein Kinderspiel.
Etwas – ihr Gleichgewicht? – schien zu entgleiten, ihren schwitzigen Fingern, ihrem Blick, ihrem Gedächtnis, schien langsam vornüber zu fallen, abwärts zu trudeln und im schäumenden Getöse der Brecher unterzugehen.

Eric stand so dicht am Rand der Kluft. Mit halbem Fuß im Himmel. Sie durfte jetzt nicht taumeln, sich nicht an ihn lehnen.
Aber da sagte er: „Wenn es einen Ort gibt, den ich mir vorstellen kann, dann den", und der Moment zerfaserte wie eine einzelne Wolke, unter der man sich eben noch etwas hat vorstellen können, wurde schleierhaft, unkenntlich, undeutbar. Unendlich weit fort. Sie und Eric reisten gemeinsam, und vielleicht würden sie gemeinsam ankommen, irgendwo. Aber nicht hier. Gleich würden sie wieder in den Wagen steigen, die sonnigen Serpentinen der Küstenstraße abwärts gleiten, und Eric würde das Restaurant wiederfinden, in dem es dieses göttliche Ziegenragout gegeben hatte.

Auf der Verandatreppe legt Greta die ausgestreckten Füße über Kreuz. Der krähengroße Vogel sitzt auf dem Geländer und starrt aus roten Augen herüber, ohne einen Ton von sich zu geben. Nachdem er sie eine Weile mit schräggelegtem Kopf begutachtet hat, fasst er einen Entschluss. Flattert auf den Holzboden, hüpft zwischen den Dielen hin und her, bis er einen bestimmten Spalt gefunden hat, hämmert mit seinem kurzen spitzen Schnabel in den Abgrund, hält ein und fixiert Greta erneut, um schließlich seinen Tanz fortzusetzen.
„Na gut", murmelt Greta, „na gut, na gut ..."
Mit jedem „gut" schiebt sie sich ein paar Zentimeter näher heran, nur eine Armlänge ist sie noch von ihm entfernt, als er auf das Geländer zurückkehrt, die Flügel aufpumpend, ein nervöses Keckern in der Kehle. Sie legt die Wange an die Dielen und versucht, durch den Spalt etwas zu erkennen. Der Geruch dort unten ist so stark, dass es sie würgt.

Unter der Veranda liegt ein Flügel. Die Farben stimmen natürlich nicht in dieser ersten Tagesdämmerung, aber da, wo der Flügel abgerissen wurde, muss es rot sein, die Federn am Ansatz glänzen, das kann tiefblau bedeuten, purpur, schwarz, die Schwungfedern dagegen schimmern weiß oder hellgelb. Der Rest des Körpers fehlt.

Es ist klar, dass sie es nicht dabei bewenden lassen kann, klar auch, was von ihr erwartet wird. Beinahe erbost über die Zumutung, rafft sie sich schließlich auf. Reißt einen Zweig vom Hibiskus, der an der Wand des *Mimosa* klebt, und stochert die Erde auf, vogeleigroße Kiesel zutage fördernd. Dann dreht sie den Zweig um und fegt, mit abgewandtem Gesicht im Sand liegend, den Flügel unter der Veranda hervor ins Freie und in die handtiefe Grube. Der Vogel lässt sie nicht aus den Augen. Sie hat keine Ahnung, ob er mit ihr zufrieden ist oder wessen Flügel sie begraben hat, doch sein Leib ist schmal und statisch im Auffliegen, und unglaublich geräuschlos.

Als sie wach wird, steht ein knöchelhoher Nebel aus pulverisierter roter Kreide in den Straßen, und bis auf den monotonen Singsang eines fernen Motors ist es still. Der Himmel, denkt sie, hat die Farbe eines unmöglichen Morgenrocks. Pink.

Das Motorengeräusch wird lauter, noch etwa eine halbe Meile bis Colesberg, tiefer jetzt, Eric drosselt das Tempo. Als der Peugeot das Schild mit der Aufschrift *Welcome* passiert, zieht Greta sich am Geländer hoch, mit dem aufgewirbelten Staub fährt ihr das Licht in die Augen, sechs, sechs Uhr dreißig, schätzt sie.

Eric bleibt im Wagen.

Im Zimmer langt sie nach den beiden Plastiktüten, mit denen sie seit Durban unterwegs sind, und wirft Sockenpaare,

Unterwäsche, einige T-Shirts, ihre Zahnbürsten sowie Erics Rasierzeug hinein. Die neue leichte Hose trägt er am Leib, seine verschlissene Jeans hat er in East London in einen Abfalleimer geworfen. Sie geht vorbei an der Rezeption und am Gemeinschaftsraum, die Verandatreppe hinab. Sie weiß, Eric hat es eilig, will dem Mittag zuvorkommen, will weiterkommen, bevor der Fluchtpunkt sich in die Windschutzscheibe einzubrennen und die Landschaft sich in flüssiges Quecksilber zu verwandeln beginnt.
Eine Viertelmeile vor der Ortsausfahrt in Richtung Süden lässt die Mainstreet die letzte Biegung hinter sich, Eric gibt Gas, schaltet das Radio ein und weicht weiträumig einer verendeten Ziege aus.
„Hast du das eben mitbekommen, die Temperatur, die sie angesagt haben?"
Man kann sich auf die Straße verlassen, auf die Geschwindigkeit, mit der Eric sie in einen Fluss verwandelt, der sie weiterträgt, beinahe unmerklich, unwiderstehlich, vorbei an Ufern, so gerade wie Leitplanken. Sie würde ihn jetzt gern nach seiner Nacht fragen, doch das hat Zeit.
„Ich hab nicht drauf geachtet", antwortet Greta. „Wahrscheinlich so wie gestern."

Vielleicht hatte ich Glück

Wie lange es gedauert hat, bis sie mich gehört haben, weiß ich nicht genau. Die von der Rettung kamen irgendwann in der Nacht zum Mittwoch. Der Überfall war am Dienstag, so um halb fünf am Morgen.

Ich hatte die ganze Nacht kein Auge zugetan, und als ich die Geräusche an der Tür hörte, dachte ich, es wäre Zabeler, er hatte ja einen Schlüssel. Ich war dermaßen erleichtert, dass ich zur Tür bin, ohne nachzudenken, ich glaubte wirklich, Zabeler wäre endlich gekommen, ich dachte gar nicht an die Uhrzeit, und da habe ich eben die Kette weggenommen. Den Jungen habe ich nur in dem Moment gesehen, als er zuschlug. Er war nicht besonders groß und sehr dünn, ich glaube, er hatte so eine Kapuzenjacke an. Er hat erschrocken ausgesehen. Mehr kann ich nicht sagen.

Früher war das kein schlechter Bezirk hier. Es gab eine Menge kleine Geschäfte und Handwerksbetriebe. Und viele Kinder. In meiner Straße kannte ich fast alle beim Namen. Nicht, dass man mit allen Leuten auf du gewesen wäre, aber man grüßte sich. Heute ist das Grüßen für die meisten eine Bagatelle. Sogar Peter war es gleichgültig, ob man ihn grüßte, er brauchte das nicht. Ich finde, es muntert einen doch auf, und es macht so wenig Mühe. Jetzt kennt hier keiner mehr den andern, wenigstens nicht im Guten. Es wohnen auch andere Leute im Viertel, mehr ärmere Leute, und viele Alte. Vielleicht ist es deshalb, dass einem oft so was Bitteres entgegenschlägt, wenn man bloß die Tür aufmacht. Wie der Geruch nach einer Krankheit, einer erfahrenen, chronischen Krankheit, die Zeit hat, den

günstigsten Augenblick abzuwarten und über einen herzufallen, sobald man nur ein bisschen unvorsichtig ist, vom Wetter angeschlagen oder einfach durstig.
Ich glaube, das hat nicht nur mit den Leuten was zu tun, sondern mit diesen Blocks. Man hört hier auch öfter mal was, das man sich nicht gleich erklären kann, manchmal richtigen Lärm, dann wieder eine Art Summen wie von Drähten. Aber man muss sich vor Augen halten, wie alt die Häuser sind. Ich meine, in einem Gebäude sammelt sich im Lauf der Zeit doch alles Mögliche an, nicht nur Gerümpel im Keller und Taubendreck auf den Simsen, vielleicht geht ja irgendwas von den Sorgen und Nöten der früheren Bewohner darauf über, eine Art Trübheit, böse oder traurige Stimmungen – ich weiß auch nicht.
Peter hat auf so was wie Stimmungen nicht viel gegeben, er nannte es *weiße Mäuse sehen*. Als Hausmeister kam er immer gut aus mit den Leuten. Er mochte seine Arbeit, es machte ihm nichts aus, wenn er auch mal am Wochenende gebraucht wurde. Hätte ihm einer erzählt, dass ich in *seinem* Haus mal einen ganzen Tag lang mit dem Küchenstuhl am Buckel und einer Gardinenkordel um Arme und Beine auf dem Boden liegen und mir die Kehle wund schreien würde, hätte er nur gelacht. Aber schließlich ist es schon lange nicht mehr Peters Haus. Egal, ob sie einen zwanzig Jahre lang gekannt haben, die Leute vergessen von heute auf morgen. Als Peter krank wurde, vor acht Jahren, gab es anfangs nur ein paar Beschwerden, das war alles.
Jedenfalls, in dieser Nacht zum Dienstag bin ich gegen vier aufgestanden. Ich hielt es nicht mehr aus. Ich weiß noch, kurz bevor ich wen an der Tür hörte, habe ich im Eisfach nachgesehen, ob noch ein Fläschchen da wäre, so eins, das man sich an der Supermarktkasse greifen und zu Hause

in einer leeren Packung für tiefgefrorene Kartoffelpuffer unterbringen kann. Zabeler war am Montag nicht gekommen, und ich brauchte meine Spritze. Zuletzt war er am Freitagnachmittag da gewesen, schon außerhalb seiner Dienstzeit. Ich meine, im Grunde war mir klar, dass ich bis zum nächsten Zabelertag warten musste, bis Mittwoch, aber irgendwas in mir hoffte eben weiter, wahrscheinlich weil ich wusste, dass es mir bald noch schlechter gehen würde und ich sonst durchgedreht wäre.
Außerdem bin ich sowieso immer zeitig aufgestanden. Peter hat mich damit aufgezogen, ich würde morgens mit dem Gesicht zuerst auf dem Boden landen, damit ich gleich unters Bett gucken und nachzählen könnte, was ich am Abend vorher geschafft hätte, drei Flaschen Roten oder nur zwei; aber im Ernst, ich kann gar nicht anders als vor Sonnenaufgang aus den Federn zu kommen. Mit sechzehn habe ich in der Fleischverarbeitung angefangen, seitdem bin ich jeden Tag um halb fünf aufgestanden. Im Werk hat es immer ein paar Frauen gegeben, die sich jeden Montag verspäteten. Ich war keine von denen. Vielleicht klingt es ein bisschen überheblich, so was von sich selbst zu sagen, aber ich war korrekt, ich glaube, in dreiundvierzig Jahren war ich keine zehn Tage krank, schon gar nicht, wenn Peter und ich ein bisschen gefeiert hatten. Er hat das ja genauso gern gehabt, mal den Alltag beiseite lassen, einfach lustig sein. Das war schon so, als wir uns kennenlernten. Da war er neunzehn, ich siebzehn. Wir stolperten uns buchstäblich in die Arme, nur ein paar Straßen von hier. Später kriegten wir raus, dass er schon sein ganzes Leben hier gewohnt hat, genau wie ich, nur hatten wir uns vorher nie gesehen. Das fanden wir beide merkwürdig und wunderbar.

Es war Liebe auf den ersten Blick. Er hatte gerade seine Lehre fertig und von allem ganz klare Vorstellungen: Heirat, Meisterbrief, vielleicht ein eigener kleiner Betrieb, ein Elektroladen, das war sein Traum. Das mit den Radios hatte er eigentlich nicht gelernt, das hat er sich alles selber beigebracht. Irgendwann wollten wir Kinder, bei denen sollte ich dann zu Hause bleiben können.
Weil keine Kinder kamen, blieb ich im Werk. Peter war gut zu mir, hat mich nie spüren lassen, dass ihm was fehlte. Mit dem Elektroladen hat es dann nicht geklappt, aber zusammen hatten wir immer genug zum Leben, konnten auch ein bisschen sparen. Wir hätten sogar verreisen können. Stattdessen haben wir uns dann lieber die Laube geleistet. Peter hat es nicht so gesagt, aber die Laube war sein Geschenk für mich. Er hatte seinen Funkenpalast, wie er das Zimmer genannt hat, wo er die alten Radios und Plattenspieler reparierte, das ist ja sein Hobby geblieben. Ich hatte meinen Garten. Nicht, dass ich was Besonderes draus gemacht hätte, dazu war ich meistens zu erledigt. Ein paar Tomatenstauden, zwei, drei Beete mit Schnittlauch, Petersilie und Kopfsalat, das war schon ziemlich alles. Mein schönster Erfolg war ein Aprikosenbäumchen, das ich aus einem Kern gezogen hatte, eigentlich mehr aus Zufall. Es trug sogar Früchte, die waren aber ganz klein und schmeckten nach fast nichts.
Solange Peter gesund war und die Sommerwochenenden mit seinen Kabeln und Drähten verbracht hat, habe ich gern da draußen in der Sonne gesessen, oder auch mal in den Beeten gepuddelt. Am Anfang wunderten sich die anderen Laubenpieper in der Kolonie, dass ich meistens allein kam, dann gewöhnten sie sich dran. Sicher, an manchen Sonntagnachmittagen habe ich mich auch allein gefühlt beim

Kaffeetrinken, so ein bisschen halb zwischen den ganzen Ehepaaren, die in den Nachbargärtchen schwatzten und lachten, aber ich wusste ja, wie sehr Peter die paar freien Stunden im Funkenpalast liebte. Im Großen und Ganzen war es ein Geben und Nehmen zwischen uns. Jetzt sagen sie im Haus, ich hätte Peter unter die Erde gebracht, weil er immer hätte mitsaufen müssen. In Wirklichkeit haben wir es uns beide gern gemütlich gemacht. Wir waren nie laut, und es war ja immer erst am Abend, nach der Arbeit. Ganz früher sind wir auch öfter mal mit ein paar Kollegen ums Eck gegangen. Aber wer feiern kann, der kann auch arbeiten, das war unser Motto, daran haben wir uns gehalten. Egal, was am Abend vorher gewesen ist, ich bin jeden Morgen um halb sechs in den Bus gestiegen.
Einen der Fahrer mochte ich besonders, Janosch. Beim Einsteigen drängelten immer alle auf einmal in die Tür, und Janosch zeigte den Dränglern einen Vogel. Zuletzt stieg ich ein, wir grüßten uns, und sobald er mit einem schwungvollen Schlenker Richtung Opernbrücke abbog, lächelte er schon wieder. Janosch hatte fast immer ein Lächeln übrig, er brauchte dafür keinen besonderen Grund. Wenn ich keinen Sitzplatz fand, blieb ich vorne neben ihm stehen. Von der Opernbrücke aus konnte ich dann immer schon das Werk sehen, blauweiß in der Dämmerung, wie ein großer Behälter, und blank wie das Eis, das sie in der Kutterei verwenden. Ganz klar. So ist es gewesen im Werk, alles ganz klar und harmonisch. Sogar mit den Abfällen hätte man noch was anfangen können. Es war gutes, gesundes Fleisch.
Nicht, dass die Arbeit immer leicht gewesen wäre. Aber solange es mit den Beinen ging, kam ich zurecht. Und ich mochte die Kolleginnen. Nicht die Eintagsfliegen, die

montags blass um die Nase ankamen und so lange jammerten, bis ich sie nach Hause schickte. Zuletzt hatten wir ja eine Menge von diesen jungen Mädels mit bauchfreien Leibchen unter kurzen, engen Mänteln und mit Glitzersteinchen in Ohren, Nase und Nabel. Sobald sie aus der Umkleide kamen, wirkten sie in der weißen Kluft wie Novizinnen. Bei der Arbeit unterhielten sie sich in einem Kauderwelsch aus kichernden oder rausgebellten Wörtern und machten beim Reden irgendwelche kruden Gesten, sodass wir manchmal das Band anhalten mussten und alle um ihren Zuschlag kamen. Immerhin haben sie gegrüßt. *Guten Morgen, Frau Malthus* gesagt, und sei es nur, damit ich am nächsten Montag ein Auge zudrückte. Von denen blieb aber kaum mal eine länger als ein Vierteljahr. Die alten Hasen waren von einem anderen Schlag. Zuverlässige Frauen, die keine Faxen machten, schnelle, fingerfertige Frauen, schlagfertig und fröhlich. Akkordfrauen.
Man hört immer, Akkord wäre Mord, oder zumindest *entfremdete Arbeit,* wie die von der Gewerkschaft das nannten. Das habe ich nie verstanden. Natürlich muss man sich dran gewöhnen, und gerade für einen langsamen Menschen kann es am Anfang schwierig sein, aber Entfremdung – ich weiß nicht. Kann sein, es hängt von der Einstellung ab. Ich meine, man macht seine Arbeit, und wenn man sie lange genug macht, fällt sie einem irgendwann leichter, besonders in einer Schicht, wo man sich versteht und auch mal ein bisschen lustig sein kann.
Für mich hatte Akkord was mit Einklang zu tun, und nirgends im Werk war der vollkommener als in der Füllerei. Jede Bewegung saß. Das musste so sein, bei dem Material, beim Saitling besonders. Man musste ihn ganz straff füllen, aber mit Gefühl. Zehn Gramm Brät zu viel und der

Saitling platzt schon in der Kochkammer. In der Füllerei war es bei uns immer noch Handarbeit, Frauenhandarbeit. Überall im Werk arbeiteten Frauen, abgesehen von den Rittern in der Zerlegung. Ritter bloß wegen der Kettenhandschuhe, die sie zum Schutz vor den Knochensägen trugen, ansonsten – von wegen!

Als es dann mit den Beinen anfing, habe ich es erst mal in der Kalten Küche probiert, Bandkontrolle. Sitzende Tätigkeit, aber den ganzen Tag nichts als laufende Meter Aspik. Ich wollte zurück in die Füllerei, zurück zu den Frauen. Wir kannten uns. Wir konnten über alles reden, die Arbeit, die Familie, die Sache mit den Männern, den ganzen Kram. Was haben wir gelacht manchmal. Manchmal lache ich heute noch, einfach so, es sind gute Erinnerungen dabei.

Zabeler hat das misstrauisch gemacht, er dachte wohl, ich ticke nicht ganz richtig, wenn ich mal so loslachte, ohne dass er wusste warum. Als ob seine Art immer ganz normal gewesen wäre. Zum Beispiel seine Herumtanzerei. Er kam meistens recht früh am Morgen, weil ich die Erste war auf seiner Liste, und wenn er uns einen Mokka *á la Zabeler* braute – das ist mit Kardamom –, dann tänzelte er schon in der Küche herum, oder klopfte mit der Hand einen flotten Rhythmus auf den alten Kühlschrank, *weil der so schön vibriert,* sagte er immer. Oder er steppte mit dem Schrubber in der Hand über den Flur. Manchmal war er so aufgedreht, dass die Dicke von nebenan sich beschwert hat. Es gab auch Tage, da war er mundfaul, fast verstockt, jede Kleinigkeit konnte ihn dann verärgern. Ich mochte es lieber, wenn er ausgelassen war. Seine gute Laune war ansteckend.

In der letzten Zeit hat ihn aber fast alles misstrauisch gemacht, vielleicht hat er Angst gehabt, meine Lachanfälle könnten von dem Mittel kommen, das er mir spritzte. Einmal hat er gedroht, wenn ich mich nicht zusammenreißen könnte, müsste ich in die Klinik. Er wusste genau, dass ich von Kliniken genug hatte, ich hatte ihm ja so gut wie alles erzählt über die, in der ich geputzt habe, als es im Werk nicht mehr ging.

In der Klinik war meine Arbeit zwar leichter und gar nicht so schlecht bezahlt, obwohl mir die Akkordzuschläge fehlten. Gefallen hat es mir da trotzdem nicht. Mit den Bürodamen und Krankenschwestern bin ich nie richtig warm geworden. Ich glaube, die wussten gar nicht, wie ich heiße. Woher auch, wir hatten ja nichts miteinander zu tun, nicht mal in den Pausen. In den Frühstücksraum für die Schwestern durfte ich nicht gehen, aus hygienischen Gründen, hieß es, also frühstückte ich meistens auf einem Hocker in der Personaldusche, wenn ich die Wassereimer für die Kachelböden gefüllt habe. Als ich wegen Peters Krankheit endgültig zu Hause bleiben musste, hat mir die Dame in der Buchhaltung zum Abschied die Hand gegeben und gesagt: *Viel Erfolg weiterhin*. Da war ich 59. Aber ich sagte nichts, ich ließ es gut sein.

Das Schlimmste war die Klinik selber. In den Untersuchungszimmern habe ich nämlich auch manchmal loslachen müssen, aber ganz anders. Da ist mir das so bitter hochgekommen. Diese Stühle!

Als mir in meinen Vierzigern der Bauch angeschwollen ist, meinten die Frauen im Werk, das sind *Myome, geh zum Arzt und lass dir das Zeugs rausnehmen, ist dir doch wohler. Und Röcke kannst du wieder anziehen*. Aber ich hatte noch keine Schmerzen, und vor der Untersuchung hat es mich geschüttelt. Ich bin nie hingegangen. Und eines Tages in der Klinik, allein mit so einem Stuhl, ist es dann so über

mich gekommen. Raufgestiegen, mit Kittel und Arbeitshosen und allem, und die Kniekehlen in die Metallstützen gedrückt. Wie kleine Regenrinnen sahen die aus. Da raufsteigen und die Beine spreizen, während man mit dem Doktor übers Wetter oder die Familie plaudert – das konnte ich mir nicht vorstellen. Sicher, andere Frauen haben bessere Erfahrungen, aber ich musste dran denken, dass ich Kinder gehabt hätte, wenn ich nicht mit sechzehn auf den älteren Bruder von so einem Stuhl geklettert wäre.
Gott, was hatte ich Angst damals. Und recht damit. Es war fast schlimmer als das davor, die paar Minuten in der Gasse hinter der Wirtschaft, wo ich jeden Freitagabend das Bier für meinen Vater geholt habe, die Minuten, die dieser Ritter aus der Zerlegung brauchte, um sich mit der einen Hand die Hose aufzuknöpfen und mit der anderen mich am Hals festzuhalten, als ob ich nicht sowieso wie gelähmt an der Hauswand kleben geblieben wäre, bis er fertig war. Ich glaube, ich wusste einfach nicht, was ich sonst hätte machen können außer stillhalten. Er war ein hübscher blonder Junge, groß und kräftig. Im Werk hatten wir uns ein paar Mal geküsst, also war es vielleicht meine Schuld.
Operiert hat mich dann ein Doktor, dem sie irgendeine Genehmigung entzogen hatten, gegen Privatrechnung. Das kleine Zimmer, in das er mich führte, sah ganz ordentlich aus, sauber, mit einem Waschbecken und mit so einem Stuhl mit weißen Tüchern drauf. Meine Mutter hat mich hinterher heimlich abgeholt und ins Bett verfrachtet. Meinem Vater erzählten wir, es wäre die Grippe. Zweimal täglich brachte Mutter mir Suppe, Zwieback und Kamillentee, ansonsten war ich allein und hatte jede Menge Zeit zum Beten. Ich bin damals noch in die Kirche gegangen, nur was das Beten angeht, war ich nie so richtig bei der Sache.

Ich murmelte die Worte mit. In Gedanken war ich meistens woanders. Aber in den Tagen nach der Operation vergaß ich, dass ich eigentlich um Vergebung beten sollte. Ich flüsterte vor mich hin, so, als ob ich gar nicht mehr da wäre, vielleicht waren das meine ersten echten Gebete. Dabei betete ich wahrscheinlich bloß darum, dass mein Vater nichts merken sollte. Ein paar Jahre später kam übrigens meine jüngere Schwester mit einem dicken Bauch an, und mein Vater reagierte lammfromm. Keine Rede davon, sie auf die Straße zu werfen, ich kann mich auch nicht erinnern, dass er ihr sonst wie die Hölle heiß gemacht hätte. Ich kam mir feige vor, und gestraft für meine Feigheit. Ich hätte es damals riskieren müssen mit dem Baby. Peter hätte mich auch mit dem Kind genommen, und wir hätten zusammen noch welche kriegen können.
Gegen das kleine Zimmer mit dem einen Stuhl kam mir die Klinik, wo ich geputzt habe, jedenfalls vor wie eine Art Fabrik. Sie nannten es *Tagesklinik*. Man kam, ließ sich ausräumen, schlief eine halbe Stunde und ging wieder nach Hause. Die Frauen, die sich hinter den Vorhängen der Kabinen ausruhten, habe ich nie gesehen. Es war sicher besser so, ich hätte denen nicht in die Augen sehen können. Nur in die Container habe ich geschaut, einmal. Warum, kann ich nicht sagen, kann sein, wegen Peter. Natürlich war es ganz sinnlos, was hätte Peter denn davon haben können, dass ich mir das ansah? Er hätte mir das vielleicht gar nicht geglaubt. Für ihn war die Welt ein verständlicher Ort, wenigstens als er noch gesund war. Aber mir gingen die Container nicht aus dem Kopf. Jedes Spital hat welche. Wenn sie einem Adern ziehen oder ein Bein amputieren oder einem sonst was – alles für die Container. Das erwähnt bloß keiner. Man will nicht dran denken.

Ich hätte auch nicht mehr dran denken sollen, und meistens tat ich es auch nicht. Ich wollte nur nicht noch mal operiert werden, nie mehr. Ich konnte mir nicht vorstellen, dass irgendein Teil von mir in so einen Container gehörte, auch nicht, wenn es mir wehtat. Kann sein, das war unvernünftig, aber ich konnte es nicht ändern. Ich wollte überhaupt keine Klinik mehr von innen sehen, und wenn jetzt dieser Überfall nicht gewesen wäre, wäre es vielleicht dabei geblieben.

Als es passierte, war ich jedenfalls schon lange auf den Beinen. Das heißt, ich hockte mich hin und stand wieder auf und kroch herum, immer abwechselnd. Ich schwitzte derart, dass meine Fußsohlen auf dem Linoleum im Flur ein Schmatzgeräusch machten, das hat mich ganz verrückt gemacht. Als würde sich der Boden unter mir auflösen und irgendwann das ganze Haus. Die Heizung war abgedreht, trotzdem war es eine Hitze, wie wenn die Wände Fieber hätten, zum Ersticken. Außerdem war mir übel. Mit der Übelkeit hatte ich in letzter Zeit öfter zu kämpfen, wie damals bei der Schwangerschaft, abgesehen davon, dass diese neue Übelkeit viel schlimmer war und in Krämpfe überging. Ich stand am Fenster, klammerte mich an den Riegel und dachte, es geht nicht mehr. Ich brauchte was zu trinken, zum ersten Mal, seit ich Zabelers Spritzen bekam, brauchte ich wirklich wieder was zu trinken. Zabeler hätte es natürlich sofort gerochen. Er hat es immer gerochen, und wenn ich nur einen Tropfen getrunken hatte, hat er lamentiert, dass er mir meine Spritze nicht geben dürfte. Entweder ein Gläschen oder die Spritze, da ließ er nicht mit sich handeln. Nur hatte mich die Angst schon fast wieder so weit, dass mir alles egal war.

Wenn es mir schlecht ging, redete Zabeler manchmal daher, als wäre ich ein kleines Kind. Richtig schlimme Sachen hat er aber nie gesagt, ich meine, verglichen mit den Gemeinheiten, die im Haus die Runde machten: Wie lange es wohl dauern wird, bis ich mich totgesoffen hätte. Dass der Lack endgültig ab wäre bei mir. Dass ich ein Wrack wäre mit meinem Getobe, und Schlimmeres, und wie *der Student* – im Haus haben sie Zabeler immer nur den Studenten genannt, ich weiß gar nicht warum –, also wie er das aushalten könnte, und dass ich ohne den Studenten längst am Ende wäre. Andererseits haben sie auch an ihm kein gutes Haar gelassen. Dass er wohl auf Doktor machen und dafür üben würde, dass er ja in dem Beruf so oder so einiges aushalten müsste. Hässliche Sachen, üble Gerüche und so weiter. Dass aber mit ihm irgendwas nicht stimmen könnte, weil er so oft käme, bestimmt öfter als er müsste. Jetzt werden sie erst recht über ihn herziehen. Vielleicht stimmt das alles ja, wenn man nach dem Buchstaben des Gesetzes geht. Ich sehe es anders.

Als Zabeler mich das erste Mal besuchte, habe ich ihn gefragt, ob er das schon länger macht, als Pfleger arbeiten, und ob ihm das nicht zu traurig wäre mit den alten Leuten, er wäre doch noch sehr jung, und er sagte, vorher hätte er in einer Klinik gearbeitet, aber dieser Job hier wäre ihm lieber. Das hat mich nicht weiter gewundert. Inzwischen haben die von der Polizei mir gesagt, in der Klinik hätten sie Zabeler gekündigt, aber auch wenn ich das vorher gewusst hätte, wäre es mir egal gewesen. Ich vertraute ihm einfach.

Er hat auch nie behauptet, er würde studieren oder Doktor werden. Trotzdem, auf eine Art ist er für mich einer gewesen. Nicht so wie Gauert, der fast nie Zeit für einen

Hausbesuch hatte, als Peter krank wurde. Dafür kam der Gemeindepfarrer einmal im Monat, als es mit Peter schwieriger wurde und ich nicht mal mehr an Ostern in die Kirche kam. Zum Abkassieren, hat Peter geschimpft, und dass man gar nicht erst so anfangen dürfte. In seinen letzten Jahren war Peter wie ein riesiges, furchtbar schweres, immer öfter schreiendes Kind, doch manchmal hatte er klare Momente, und wahrscheinlich hatte er mit dem Pfarrer recht. Ich glaube nicht, dass der gekommen wäre, wenn auf der Keksbüchse auf der Kommode nicht jedes Mal ein Schein für die Kollekte gelegen hätte, aber ich wollte auch nicht schofelig sein.

Nachdem Peter gestorben war, kam der Pfarrer öfter, ungefähr einmal pro Woche, und redete mir ins Gewissen. Das heißt, meistens gab er mehr ein Zischen von sich. Dabei hat er ständig ein Gesicht gezogen, als ob es bei mir dreckig wäre und stinken würde. Sicher, es lag schon ein bisschen Staub auf den Möbeln. Die Wohnung ist seit Peters Tod irgendwie immer größer geworden, und ich konnte mich nicht immer drauf besinnen, wo ich zuletzt geputzt hatte und wann. Der Pfarrer sagte, ich hätte *gewisse Probleme*. Ich dachte mir, ich habe Probleme mit den Beinen und den Treppen, und ein Regenproblem habe ich auch. Vor allem habe ich ein Problem damit, dass Peter fort ist – eigentlich seit er angefangen hat, mich zu vergessen, und das ist lange her. Trotzdem musste ich dem Pfarrer zugeben, dass ich es in letzter Zeit mit dem Trinken etwas übertrieb, und wenn er merkte, dass ich genug hatte, hat er den Kopf hin und her gewiegt, mir ein Bildkärtchen mit einem Gebet des Heiligen Bernhard auf der Rückseite geschenkt und mir geraten, zur Beichte zu gehen. So ging das eine Weile weiter mit seinen Besuchen, bis die Schulte starb.

Das war im vorvorigen Oktober, fünf Monate nach Peters Tod, an einem Donnerstag, das vergesse ich nie. *Friedlich entschlafen*, hat eine Nachbarin gesagt, ich glaube, die aus dem ersten Stock, die früher die Änderungsschneiderei an der Ecke hatte – es hatten sich ja alle auf dem Treppenabsatz zum Vierten versammelt, als gäbe es was umsonst. Aber am Tag vorher, ungefähr um die Zeit, als die Schulte starb, hatte ich was gesehen, und getrunken hatte ich da so gut wie nichts. Ich kam gerade vom Friedhof. Peter hat es verdient, dass sein Grab hübsch aussieht, auch im Winter, und ich war froh, dass ich es endlich wieder einmal geschafft hatte, mich darum zu kümmern. Danach war ich noch einkaufen gewesen. Ich stand mit den vollen Tüten zwischen den Füßen mit dem Rücken zur Treppe und schloss die Wohnungstür auf, als ich es hinter mir hörte. Es stieg langsam treppauf, seine Beine machten auf den Stufen ein schleppendes, scharrendes Geräusch, und irgendwas kratzte am Geländer entlang. Keine Ahnung, weshalb ich mich umgedreht habe, eigentlich wollte ich nichts wie weg, rein in die Wohnung.
Es war nicht größer als ein Mensch, und die Sonnenstrahlen, die durchs Stiegenhausfenster fielen, umrahmten es wie ein Heiligenschein auf einem Bildchen vom Heiligen Bernhard. Von seinem Gesicht war nichts zu sehen. Es sah aus, als wäre da, wo sein Gesicht sein müsste, ein Loch, oder ein dunkler Fleck. Ich stand nur da, ich weiß nicht, wie lange. Dann ging es an mir vorbei.
Mir war zumute, als hätte ich den Leibhaftigen gesehen. Alles Mögliche schoss mir durch den Kopf. Ob es nicht ein Frevel wäre, es gesehen zu haben. Ob ich dafür büßen müsste. Oder ob das schon die Buße war: dass ich so weitermachen musste wie bisher. Aber tief im Innern war mir irgendwie klar, dass es etwas anderes gewesen sein musste,

vielleicht der Vorbote von einer anderen Hölle. Da habe ich dann meinen ganzen Mut zusammengenommen und den Pfarrer gefragt, ob er glaubt, dass ich verrückt werde. Ich hatte Angst, ihn das zu fragen, aber noch mehr Angst hatte ich davor, so was noch einmal zu sehen, überhaupt irgendwas zu sehen, das nicht sein kann.

Eine Woche später hat der Pfarrer angefangen, vom Heim zu reden. Dass ich da viel besser aufgehoben wäre als in der Wohnung. Dass es mir doch schon lange schwerfallen würde, alles in Ordnung zu halten, und ob ich nicht auch schon daran gedacht hätte. Ich sagte, nein, an ein Heim habe ich nie gedacht, da bringen sie einen um, auf die eine oder andere Art. Wieder zwei oder drei Besuche weiter sagte er, wenn ich freiwillig keine Hilfe annehmen würde, müsste er dem Amt sagen, dass sie sich die Wohnung mal ansehen und wie ich so lebe, in meinem eigenen Interesse. So könnte es nicht weitergehen. Er wäre verantwortlich.

Jedes Mal, wenn er kam, hat er so auf mich eingeredet, hat keine Ruhe gegeben damit. Schließlich brachte er sogar den alten Gauert mit. Der sagte zwar nicht viel, schaute aber ernst drein und nickte dauernd mit dem Kopf. Da habe ich die Papiere unterschrieben, und die beiden wurden dann auch gleich freundlicher. Der Pfarrer sollte nun mein Betreuer sein und alles für mich regeln. Er sagte, vielleicht würde es auch mit einem Pfleger gehen, der regelmäßig nach mir sieht, das wäre auch billiger. Ich wollte eigentlich nicht, dass noch ein Fremder in die Wohnung kommt und sich in meine Sachen mischt, aber ich dachte, das ist immer noch besser als das Heim. So ist Zabeler zu mir gekommen. Er hat mich dann übrigens in Frieden gelassen. Ich denke, er wusste, dass ich jetzt nicht mehr so viel übrig hatte für die Kollekte, weil sie mir ja was abzogen für

den Pflegedienst. Kann auch sein, er hat sich bei Zabeler erkundigt, ob ich noch so viel trinke, und ist weggeblieben, weil er gehört hat, dass es mir nun besser ging.
Nicht, dass gleich alles in Ordnung gekommen wäre. Aber es tat mir von Anfang an gut, Zabeler um mich zu haben. Er kam montags, mittwochs und freitags, und ich glaube, er merkte ziemlich schnell, was los war, obwohl er zuerst nichts sagte. An einem Vormittag machte ich mal eine Flasche Sekt auf. Das war an einem von Zabelers ausgelassenen Tagen, und mir war danach, mit ihm anzustoßen. Ich kann mich nicht erinnern, dass mich irgendwer schon mal so angesehen hat wie er, als ich ihm das Glas hinhielt. Sehr ernst und aufmerksam und trotzdem irgendwie freundlich. In dem Moment erinnerte er mich an meinen Vater, nur dass mein Vater nie so freundlich geschaut hat. Ob ich sterben will, fragte Zabeler, und als ich nicht gleich antwortete, fragte er noch einmal. Ob ich leben will – oder lieber dahin, wo Peter ist. Und ich sollte darüber nachdenken. Komisch, eine Zeitlang war ich mir ja recht klar darüber gewesen, jetzt war ich es plötzlich nicht mehr. Ich schüttelte den Kopf: Nein, ich wollte nicht sterben. Er war aber noch nicht zufrieden. Ob ich mir sicher wäre. Ja, sagte ich. Da lächelte er, führte mich zur Couch und sagte, in dem Fall hätte er ein Mittel, dass ich mich nicht mehr so traurig fühlte, und durstig auch nicht. Nur dürfte ich nichts trinken, wenn ich das Mittel einnahm, keinen Sekt, keinen Wein, keinen Klaren.
Es waren Pillen. Er ließ mir immer nur eine oder zwei da, und sie machten mich eigentlich mehr schläfrig als fröhlich, aber wenigstens verging der Tag schneller. Mit den Spritzen fing es erst ein gutes Vierteljahr später an, nach der Sache auf dem Markt.

Als Peter noch gesund war, bin ich mindestens zweimal die Woche auf den Markt gegangen, und bis zu dem schrecklichen Tag im letzten Frühjahr immerhin noch freitags Fisch holen, es ist ja gleich um die Ecke. Heute esse ich nur noch den tiefgefrorenen, den Zabeler im Discounter für mich besorgt. Die weißen Filetstücken sehen aus, als wären sie schon immer rechteckig und leblos gewesen. Sie schmecken nicht besonders, aber damit kann ich leben.
Ich sehe noch die Bottiche vor mir, die Knäuel aus schönen silbernen Leibern da drin. Der Händler greift einen nach dem anderen raus, hält ihn in die Höhe und wirft ihn zurück in den Bottich, wenn man bloß ganz leicht den Kopf schüttelt. Wenn man sich für einen Fisch entschieden hat, wird der auf einem großen, blutverschmierten Holzbrett zurechtgelegt und geköpft, mit einem Messerstreich, während er noch wild mit dem Schwanz schlägt. Und dann geht es los: Eine halbe Ewigkeit zappelt der Rumpf weiter. Der Kopf landet im vollen Abfallkorb. Man kann sehen, wo ihm das Rückgrat abgetrennt worden ist, so eine weißliche Gräte, die unter den Kiemen aus dem faserigen Fleisch hängt. Bis zu diesem bestimmten Tag hat mir das nie viel ausgemacht. Das Blut, das Hässliche – ich hatte immer gewusst, dass es das gab, in den Containern im Klinikhof und auch im Werk. Einer aus der Zerlegung, der früher in einer Schlachterei gearbeitet hatte, erzählte mal, sogar Schweine könnten schreien vor Verzweiflung und Angst. Trotzdem sah ich es erst an meinem letzten Vormittag auf dem Markt ein.
Der Fisch starrte mich an. Das heißt, er bestand ja nur noch aus seinem Kopf, und der starrte mich an. Da habe ich es ganz deutlich gespürt: der Kopffisch wusste, was geschah und wo er war. Er wusste, dass er keinen Leib und keine

Flossen mehr hatte, dass er ohnmächtig zwischen anderen Köpfen lag, während ich dastand und wartete, dass der Händler den Körper einpackte, damit ich ihn mitnehmen konnte. Das Ganze dauerte bloß ein paar Sekunden, aber mir war, als wäre ich mein Lebtag blind gewesen, als hätte ich noch nie so etwas Schreckliches gesehen, nicht mal in den Containern der Klinik, denn der Kopf des Fischs war doch immer noch silbern und schön, und sein Auge so klar und verzweifelt wie das von einem Menschen, nur dass es kein Lid hatte und der Fisch es nicht schließen konnte.
Ich habe versucht, ganz ruhig zu bleiben. Ich habe die Stimme nicht erhoben, als ich den Händler fragte: „Hätten Sie ihm nicht zuerst den Kopf zertrümmern können, damit er es nicht mit ansehen muss?" Der Mann hat erstaunt und vielleicht ein bisschen verlegen aus der Wäsche geguckt. Er war jung, mit frischen, fast glatten Wangen, beinahe hätte er mir leidgetan.
Zu Hause habe ich geweint. Peter – der gesunde Peter – hätte mir gut zugeredet, hätte sich vor mich hingestellt, mit ausgebreiteten Armen, leise schwankend vielleicht in seinem eigenen Tran, nicht um mich zu umarmen, nur ratlos. Er hätte mir ein Glas in die Hand gedrückt, selber den Tränen nahe, und mir sinnloses Zeug versprochen, damit ich mich beruhigte. Versprochen, dass es keinen Fisch gibt, der einen ansieht und begreift, was mit ihm geschieht, schon gar nicht, nachdem man ihn in zwei Hälften geteilt hat und nicht mal mehr sagen kann, welche jetzt eigentlich noch der Fisch ist, der Kopf oder der Körper.
Der kranke Peter hätte mit mir geheult, aber ohne Tränen, hätte nur die Töne nachgeäfft, zum Verrücktwerden laut rumgegreint und angefangen, um sich zu schlagen, bis ich ihn entweder mit ein bisschen Gemurmel, Geschunkel

und einem Stück Schokolade getröstet oder ihm eine geknallt hätte. So schlimm es klingt, manchmal war das die einzige Chance, dass er halbwegs zu sich kam.
Aber Peter lag unter der Erde und ich mittlerweile auf dem Wohnzimmerteppich, zusammengekrümmt wie ein großer schwitzender Fötus, und da erschien Zabeler, groß und still wie ein Engel, hob mich auf und trug mich zum Sofa. Er hat meinen Kopf in seine Armbeuge gebettet, um mir erst mal ein paar Schlucke Wasser einzuflößen, ohne dass es mir gleich wieder aus den Mundwinkeln rann. Ich wollte ihm danken, aber die Wörter rutschten irgendwie an meiner Zunge vorbei und verklebten mir den Rachen mit saurem Schleim, sodass ich nichts rausbringen konnte, dabei hätte ich Zabeler gern erklärt, was los war. Aber es schien ihm nichts auszumachen, er sagte kein böses Wort. Er band mir den Arm mit einem Gummischlauch ab, den er wohl in der Hosentasche parat gehabt hatte, eben wie ein Doktor, der alles Nötige bei sich hat, hantierte damit herum und sagte: *Schon gut, altes Mädchen, gleich sieht die Welt ganz anders aus, wirst sehen, das macht dem Spuk Beine ...* Wenn ich wohlauf war, siezte er mich, aber wenn ich mich aufregte oder Angst hatte, sagte er *du*. Ich mochte das sonst nicht, aber diesmal beruhigten mich seine Worte mehr als das Mittel, das er mir gespritzt hatte. Er weiß es, dachte ich, er weiß alles, sogar von der Krankheit im Haus, Maria-voll-der-Gnaden, er war der einzige Mensch, der auch das mit dem Fisch verstanden hätte, den ganzen Irrwitz, nur brauchte ich ihm gar nichts davon zu sagen und nichts zu erklären.
Es stimmt schon, dass ich nicht neugierig war, woher er dieses Mittel hatte, was das überhaupt war oder wo er gelernt hat, wie man Spritzen gibt, er war ja kein richtiger

Doktor, eigentlich durfte er das also nicht mal. Irgendwann habe ich ihn einmal danach gefragt, und er sagte, wenn ich nichts mehr wollte, sollte ich es nur sagen. Ehrlich gesagt war es mir auch egal. Wenn es schlimm wurde mit dem Alleinsein und dem Durst, war es das reinste Manna, oder die Vergebung der Sünden, es half gegen die Trübheit und die Erinnerungen, sogar gegen die guten, die besonders wehtun, und gegen die Angst. Mit Zabelers Mittel habe ich mich himmlisch ruhig und klar gefühlt, und wenn es verboten ist, bleibt das trotzdem wahr.
Er hat mir Wasser gegeben und mich verarztet. Man konnte reden mit ihm. Er schien zu wissen, was es heißt, wenn Schwärme von Silberfischen aus der Lampe fallen oder der Stuck sich plötzlich über die Decke schlängelt, oder was vorgeht, wenn der Moderator eines Gewinnspiels anfängt, einem mit Peters Stimme gemeine Befehle zuzuschreien, und wenn es läutet, läutet, läutet, bis die Klingeln im ganzen Block einfallen wie in einen unheiligen Chor. Vielleicht wusste Zabeler sogar Bescheid über den Kerl im dritten Stock, der die Hofkatzen, die ich mit Milch und Faschiertem geduldig gezähmt habe, mit Drahtschlingen fängt, aus nichts als Wut über seine Frau, die ihn schlägt, weil die rothaarige Dicke von nebenan sich an ihn ranschmeißt. Ich meine, Zabeler kannte die Welt im Haus so gut wie die draußen, er verstand, wie verrückt einen das alles machen kann, wie traurig, ängstlich und durstig, und deshalb gab er mir *etwas*, wie er sagte, und es fing auch gleich zu wirken an.
Bis zu der Minute hatte der ganze Block um mich her getobt, hatte seine Zeichen an die Wände und durch die Rohre geklopft wie ein krankes Herz. Jetzt, gewärmt von Zabelers Arm und von dem Mittel, wusste ich plötzlich

wieder, was das bedeutete: Jemand lässt sich ein Bad ein, unten im Hof scheppert ein Mülltonnendeckel, ein Nachbar kommt die Treppe rauf, ein Nagel wird in die Wand nebenan gehämmert, eine Tür zugeschlagen. Zum ersten Mal seit vielen Monaten fühlte ich mich ganz klar. Die Stimmen über, neben und unter uns brummten und murmelten weiter. Aber das war alles nichts Bedrohliches, bloß irgendwelche Leute in einem alten Ziegelhaufen von Wohnblock.

Die Medizin wirkte wunderbar. Ganz schnell war mir wohl genug, um ein Bad zu nehmen und anschließend zu Zabeler in die Küche zu gehen, wo er kochendes Wasser in zwei Becher mit Pfefferminzteebeuteln goss und eine Dose mit Hühnersuppe öffnete. Da merkte ich erst, dass ich den ganzen Tag nichts gegessen hatte. Wahrscheinlich länger nicht – oder ich wusste einfach nicht mehr genau, wann ich mir zuletzt etwas zurechtgemacht oder mich richtig an den Tisch gesetzt hatte. Zabeler setzte sich mir gegenüber hin, und für einen Moment drehte sich die Küche mit der blau gemusterten Tapete, die noch Peter ausgesucht hat – wie lange ist das her, fünfzehn Jahre? –, also, alles drehte sich um uns beide, als wenn wir im Zentrum so eines Sturms sitzen würden, wo es ja absolut still sein soll, oder im Mittelpunkt der Welt.

Die Suppe fing zu brodeln an, und Zabeler füllte die Teller, wir haben sie leergelöffelt, uns zurückgelehnt und gleichzeitig ein Aufstoßen unterdrückt. Als wenn der liebe Gott uns mit unsichtbaren Fäden zusammengebunden hätte, so ein Gefühl hatte ich da am Küchentisch, und dass keiner von uns was Falsches sagen könnte, nicht jetzt, und da habe ich Zabeler doch noch vom Todestag der Schulte erzählt.

Er sagte erst mal gar nichts, starrte nur nachdenklich vor sich hin. Auf einmal hatte er tiefe Falten um den Mund und auf der Stirn, als hätte er schon jede Menge Kummer gehabt oder wäre viel älter als ich glaubte. Endlich sagte er, das wäre doch klar. Was ich da im Hausflur gesehen hätte, das wäre der Tod gewesen, und er, Zabeler, hätte ihn auch schon gesehen, schon öfter. Der Tod würde aber immer anders ausschauen, je nachdem, zu wem er kommt. Die meisten Leute sähen bloß ihren eigenen, nur wenige Menschen könnten den von jemand anderem sehen. Im Mittelalter hätte man solche verbrannt, heute steckte man sie ins Gefängnis oder zu den Irren, ich sollte also gut aufpassen, mit wem ich drüber rede. Und ob ich schon andere Dinge gesehen hätte, oder Leute, die gestorben sind, Peter zum Beispiel, und ich sagte, nein, noch nie, und wie froh ich wäre, dass ich das Fotoalbum habe, sonst wüsste ich kaum noch, wie Peter ausgesehen hat, damals als junger Mann.
Ich weiß nicht, wie lange wir so zusammen gesessen haben, mittlerweile war es bestimmt Abend oder sogar Nacht. Manches von dem, was Zabeler sagte, kam mir auch ein bisschen verrückt vor oder kindisch, aber es war so schön, wieder mit jemandem am Tisch zu sitzen und zu reden. Nicht wie mit dem Pfarrer, meine ich, sondern ganz frei und fröhlich. Seit Peters Krankheit hatte es das nicht mehr gegeben. Eigentlich muss ich sogar sagen, dass ich auch vorher schon oft bloß noch mit mir selber geredet habe.
Lächerlich, kann sein, aber an dem Dienstagmorgen, kurz bevor ich dieses Geräusch im Türschloss hörte, dachte ich genau daran, an den langen Abend, den Zabeler und ich zusammen am Küchentisch verbracht haben.
Ich stand am Fenster und wartete, dass es morgen wurde. Unten lungerte eine Gruppe von großen, üppigen jungen

Frauen an der Bushaltestelle herum, Mädchen wie die früher im Werk, zurechtgemacht wie für einen Tanzabend. Ich dachte mir, kann sein, sie kommen von demselben Fest, wo Zabeler sich vielleicht gerade amüsiert. Er ist ja gern tanzen gegangen, auch an dem letzten Freitag, den er bei mir war, wollte er auf ein Fest. Er hat mal erzählt, dass solche Feste bis zum Morgen dauern, manche sogar tagelang. Vielleicht war er deshalb am Montag nicht gekommen.

Ich hatte nach und nach die ganze Wohnung durchsucht, sogar unter der Spüle hatte ich nachgesehen, so am Ende war ich. Vor Zabelers Zeit standen da immer ungefähr ein halbes Dutzend Flaschen, in einer noch eine Handbreit, ein Fingerhut voll in der anderen, säuerlich, schal, aber immerhin. Jetzt waren da natürlich nur die Flaschen mit den Putzmitteln und der Mülleimer. Zu behaupten, dass ich an diesem Dienstagmorgen nicht wütend auf Zabeler war, wäre gelogen. Aber dann sagte ich mir, er ist so was wie dein Doktor, er meint es gut, wenn er die Flaschen verschwinden lässt. Kann auch sein, du hättest das letzte Jahr nicht überlebt ohne Zabeler.

Und dann bin ich doch noch zum Kühlschrank und habe im Eisfach die Kartoffelpufferpackung gefunden, unter dem Karton mit den Fischfilets, genau da, wo ich sie mal versteckt hatte, und das Fläschchen mit dem Klaren war auch noch drin. Zabeler musste es übersehen haben. Vor ein paar Monaten hätte ich es ausgetrunken, jetzt rührte ich es nicht an. Ich konnte vor Bauchschmerzen nicht mehr geradeaus gehen, ich stand irgendwo, im Flur, an die Kommode gelehnt, im Bad, wieder am Fenster, bibbernd und schwitzend an den Riegel geklammert. Ich dachte daran, dass Zabeler kommen würde, einfach weil Verlass auf

ihn war, ich redete mir zu, dass es nicht mehr lange dauern konnte, dass ich es schaffen, es überleben würde bis dahin, ich redete mit mir oder mit etwas in mir, wie damals nach der Operation, ich glaube, ich betete, und während ich betete, wurde ich mir immer sicherer, dass Zabeler mich nicht im Stich lassen würde, er würde ja bald wiederkommen, ganz bald, daran glaubte ich fest, und beinahe fühlte sich das schon an, als würde mich jemand hören. Vielleicht hat deshalb nie was himmlischer für mich geklungen als das Klimpern des Dietrichs an der Tür.
Der Rest ist eigentlich keine große Sache, und wenn die von der Polizei das noch so ausschmücken: Kaum hatte ich die Kette weggenommen, ist dieser fremde Junge in die Wohnung gestürmt, hat mir mit der Faust eins hinters Ohr gegeben, mich mit der Gardinenkordel an den Küchenstuhl gebunden und den Stuhl mit einem Tritt umgekippt. Danach hat er alles durchwühlt und ein paar von den Möbeln demoliert, vor allem die Radios im Funkenpalast, nur so aus Ärger, dass er nichts davon gebrauchen konnte.
Vielleicht hatte ich wirklich Glück. Aber wenn ich ehrlich sein soll, ich sehe das anders. Wenn ich in Gefahr war, dann weniger durch den Jungen. Das Problem sind diese Blocks, wo einen keiner mehr grüßt und sie einen nicht hören wollen.
Natürlich habe ich gerufen. In der Nacht zum Mittwoch, nachdem die Dicke nebenan wegen der Ruhestörung endlich die Polizei geholt hatte, bin ich erstmal hierher in die Klinik gebracht worden. Ein paar Tage ging es mir furchtbar. Später kamen welche von der Polizei, ein Mann und eine Frau, die sagten, ich hätte es ja schon von den Ärzten gehört: Was Zabeler mir gegeben hat, wären Drogen gewesen, die hätte er dem Spital gestohlen, wo er früher

gearbeitet hat. Und ich wäre *nicht sein einziges Opfer*, nur hätte man ihm bisher nichts nachweisen können. Momentan wüssten sie nicht, wo er sich aufhält, aber sie würden ihn schon finden. Ich könnte jedenfalls froh sein, dass ich noch lebe, andere hätten nicht so viel Glück gehabt. Und ob ich denn nicht geahnt hätte, was Zabeler mir antut, besonders mit den Spritzen. Ich wusste nicht, was ich denen antworten sollte, außer dass mir Zabeler gar nichts angetan hat und es mir mit den Spritzen viel besser gegangen ist als vorher, und dass ich nicht weiß, wie es jetzt werden wird. Darauf sagten die Polizeileute nichts mehr, guckten aber verbiestert. Dann zeigten sie mir noch ein paar Fotos, aber der Junge, der mich überfallen hat, war nicht dabei, und sie mussten gehen, weil mir wieder übel wurde.
Der Pfarrer ist auch vorbeigekommen, hat sich übers Kinn gestrichen und vor sich hin gezischt, alles wie gehabt. Demnächst würde man entscheiden, *was nun werden soll*. Zuerst müsste ich gesund werden. Keine Ahnung, was er sich darunter vorstellt. Bevor er ging, hat er noch mal alles wiederholt, was die von der Polizei schon gesagt hatten, auch das mit dem Glück, das ich gehabt hätte, und ich sagte, wenn er es so nennen will, bitte. Irgendwie hatte ich den Eindruck, ich sehe ihn nicht wieder.
Auch Zabeler werde ich bestimmt nicht wiedersehen. Die von der Polizei haben nicht den Eindruck gemacht, als wenn sie irgendwas verstehen.
Ein Fest, hat er gesagt, als er am Freitagnachmittag losging: *Musik, Tanz, verstehst du – Tanzen macht nämlich glücklich.* Ich wunderte mich, dass Zabeler mich duzte, obwohl es mir gerade gut ging, wie immer nach der Spritze. Vielleicht habe ich da schon so ein ungutes Gefühl gehabt. Jedenfalls habe ich ihn gebeten, noch ein bisschen zu bleiben,

fast angebettelt habe ich ihn. Worauf er mich aber nur ganz ernsthaft angesehen und gemeint hat, ich müsste mir keine Sorgen machen, er käme ja montags wieder, zur gewohnten Zeit. Ich sollte mir lieber auch meinen Sommermantel überziehen, es wäre so ein schöner Tag. Überhaupt, ich sollte öfter vor die Tür, ich könnte ein bisschen Sonnenschein vertragen, und ob ich ihm versprechen wollte, dass ich es versuche. Ich sagte, versuchen kann ich es wohl. Es gab Momente, da hat Zabeler mich angeguckt, als könnte er Wunder vollbringen, und manchmal war ich drauf und dran, ihm zu glauben.

Er hat übrigens nie was für das Mittel verlangt – ja, das hätte ich denen von der Polizei sagen sollen.

Letzte Freunde

Das war es also. Ein Schmerz. Scharf, doch längst nicht so stark wie erwartet. Blut, das aus der Bisswunde im Handballen tropfte. Ein Kribbeln in der Kopfhaut, Herzklopfen. Weder Entsetzen noch Ohnmacht.
Leonie wickelte sich mit der ungeschickteren Linken ein Taschentuch um die verletzte Hand, verknotete es unter Zuhilfenahme der Zähne und verließ den abendlichen Park. Sie überquerte Queen- und Peel Street und ging die 6th Avenue hinauf, durch jene sich ausbreitende Wüste, die bald eine vierspurige Auffahrt zum neuen Streckenabschnitt des Fraser Highway sein würde, zu Larrys Haus am Ende der 4th Avenue, ohne sich noch einmal nach dem Hund umzudrehen.
Nicht, dass sie ihm in den vergangenen Tagen mehr Beachtung geschenkt hätte als nötig war, um einen Bogen um ihn zu machen, jedoch das Dobermannartige an ihm hatte sie gleich bemerkt, den schlanken, hochbeinigen Körper, die schmale Kopfform mit der weit vorspringenden Schnauze, die knappen Lefzen, das glatte schwarze Fell, das bei besserer Pflege wie lackiert glänzen musste. Er sah den Hunden in ihren Träumen ähnlich.
„Ist was passiert?“, fragte Larry, als sie an ihm vorbei ins Badezimmer eilte. Seine Stimme klang brüchig wie oft im Frühjahr, wenn die Arthritis ihm zu schaffen machte.
„Dieser Hund, du weißt schon, der im Park.“
„Mein Gott ... zeig mal her. Tut’s sehr weh?“
„Lass nur. Halb so schlimm.“ Ihre Lippen fühlten sich taub an.

„Aber wie konnte es dazu kommen? Bist du ihm nicht aus dem Weg gegangen?"
Leonie durchwühlte das Schränkchen über dem Waschbecken, entnahm ihm Verbandszeug, Pflaster und Schere, klappte die Tür zu und sah im Spiegel, Larrys Blick meidend, sich selbst in die Augen: pupillenschwarz unter geraden und, wie sie fand, zu dichten dunklen Brauen, die über ihrem Nasenrücken zusammenstrebten, sooft sie sie auch zupfte.
„Natürlich. Aber heute hat das offenbar nichts genutzt. Er stand plötzlich da, gleich vor dem Club, und bevor ich kehrtmachen konnte – vielleicht hat er sich über einen harten Ball erschrocken." Im örtlichen Tennisclub, einem kleinen Verein mit zwei Plätzen, traf sie sich zweimal wöchentlich mit ein paar mittelalten, sportlich nicht zu anspruchsvollen Nachbarn zum gemischten Doppel oder, bei Regenwetter, zu einem Drink in der Lounge.
„Dieser Köter – so was gehört doch weggesperrt!" Sowohl Larrys Wortwahl als auch das Vibrato in seiner Stimme ließen einen für ihn außergewöhnlichen Grimm erkennen. Nun drängte er Leonie ein Schmerzmittel auf, nahm ihr das Versprechen ab, am nächsten Morgen den Arzt aufzusuchen, und erging sich in unklaren Drohungen gegen den Hund, die wohl kaum ernst zu nehmen waren.
Ihre Darstellung hatte den Hergang auch nicht ganz getroffen. Es wäre genug Zeit gewesen, zurück auf das umzäunte Vereinsgelände zu flüchten, bevor der Hund auf sie zusprang, ja, sie hätte erst gar nicht, bewegt von wer weiß welchem konfusen Impuls, den Arm nach ihm ausstrecken sollen, doch sie hatte keine Lust, sich für ihren Mangel an Vorsicht zu rechtfertigen.
Trotz des dumpfen Pochens in ihrer Hand schlief Leonie ausgezeichnet und wachte erst gegen sieben Uhr vom Lärm

der anrollenden Bulldozer auf. Schon jetzt, da die Fahrzeuge das etwa zwei Meilen entfernte Grundstück der Abbots planierten, ließ das Dröhnen der Motoren das Wasser in dem Glas auf ihrem Nachttisch in einem Wellengang en miniature erzittern, wie also, fragte sie sich, würde es hier zugehen, wenn sie die Grundstücksgrenze erreichten, wie bei einem Erdbeben? Leonie goss sich eine Tasse des Kaffees ein, den Larry für sie vorbereitet hatte, und vergaß die Bulldozer über einem befremdlichen Gedanken an die vergangene Nacht.

Sie hatte damit gerechnet, von dem Hund im Park zu träumen. Von Kindheit an hatte sie von Hunden geträumt, von schwarzen Hunden, die im Nebenzimmer knurrten, an Türen kratzten, bis diese nachgaben, sich von Leinen losrissen und auf eine vor Entsetzen gelähmte, in den Lichtkreis einer Laterne gebannte Leonie zupreschten, von Hunden, die sie gottverlassene Straßen hinauf oder über schwindelerregende Eisenbahnbrücken jagten. Heute aber erinnerte sie sich weder an irgendein Bild, noch war etwas von der Niedergeschlagenheit zu spüren, die ihr immer dann den Tag verdunkelte, wenn sie sich auf das Geträumte nicht mehr besinnen konnte. Nachdem sie dieselben Szenarien wieder und wieder im Schlaf durchgespielt hatte, war die Nacht nach dem ersten Biss, den sie im Wachen davongetragen hatte, traumlos verlaufen, und wenn es auch nicht sehr wahrscheinlich war, hegte sie an diesem Morgen doch die Hoffnung, dass es dabei bleiben möge.

Nach dem Frühstück fuhr sie zu Doktor Cheng, einem rundlichen Chinesen, der die Wunde mit Jod und einem festen Verband versorgte. Gegen Tollwut und Wundstarrkrampf hatte sie sich erst im Herbst impfen lassen, es strolchte in der Gegend so viel Getier herum, Waschbären,

Füchse, sogar Kojoten, dass ihr der städtische Leichtsinn vergangen war.

„Wie geht es Larry denn jetzt? Gibt es in der Grundstücksangelegenheit schon was Neues?“

Er schien über ihre Probleme genau im Bilde zu sein, zu genau für Leonies Geschmack. Sie wusste, dass Doktor Cheng zu denjenigen unter Larrys Freunden und Bekannten gehörte, die ihn vor der Heirat gewarnt hatten – nicht, weil man schon viel gegen Leonie hätte vorbringen können, sondern des Altersunterschiedes wegen. Als sie davon erfuhr, war sie aufgebracht gewesen bis zur Weißglut, vermutlich auch deshalb, weil der Klatsch einen harten Kern enthielt, an dem ihr Stolz sich wund rieb wie Fleisch am haarfeinen Zunder eines Splitters. Es stimmte ja, dass sie Larry, als sie ihn vor acht Jahren kennenlernte, viel mehr gebraucht hatte als er sie. Ohne ihn wäre sie in dem Großraumbüro in Vancouver Downtown, in dem sie seinen Antrag auf Übernahme eines Versicherungsschadens bearbeitet hatte, vielleicht wirklich verloren gewesen, oder sie wäre an einem Wochenende in der Betonwabe ihres Appartements durchgedreht, und diese Tatsache belastete sie schwerer als alles, was die Unkenrufer ihr, der vierundzwanzig Jahre jüngeren Frau, damals unterstellt hatten. Inzwischen beschränkte sich Doktor Chengs Besorgnis wieder auf Larrys Gesundheit, doch an ihrer Zurückhaltung änderte das nichts.

„Nein, nichts Erfreuliches jedenfalls“, antwortete sie. „Dass der letzte Interessent inzwischen auch abgesprungen ist, hat Larry bestimmt schon erzählt?“

Doktor Cheng nickte. „O ja. Bedauerlich. Andererseits – er hängt sehr an dem Haus, nicht wahr? Vielleicht kann er sich doch noch mit dem District einigen.“

Mit dem Metro Vancouver District hätte man sich spätestens vor drei Wochen einigen müssen. Am dreißigsten April war das Angebot für das Grundstück, das demnächst unter dem geplanten Fraser Bypass liegen würde, erloschen. Larry hatte gehofft, einen Käufer zu finden, der besser zahlte als der District, doch auch das hatte sich nun anscheinend zerschlagen. Kein vernünftiger Mensch wollte unter einer Autobahnbrücke leben, noch dazu in einem Haus, das aussah, als könnte es unter dem Schnee des nächsten Winters über einem zusammenkrachen. Sie würden bleiben müssen, im Schatten des Betonpfeilers, der dort, wo jetzt noch der alte Walnussbaum stand, zwanzig, fünfundzwanzig Yards hoch aus Larrys Grund und Boden aufragen würde wie ein Monument seines Starrsinns, der sich eher mit der Verunstaltung seines knapp einen Acre umfassenden Grundstücks und einer lächerlichen Entschädigung dafür abfand, als das Feld zu einträglicheren, aber fremden Bedingungen zu räumen.

Beim Lunch, den sie wie meistens unter der Woche in der Küche stehend einnahmen, eröffnete ihr Larry feierlich, nie wieder werde ihr dieser Hund in die Quere kommen. Alles Erforderliche sei veranlasst. Der Beißer sei ja nicht zu übersehen mit seinen gut zwei Fuß Schulterhöhe, man werde ihn sicher noch heute aus dem Park entfernen.

„Und dann?“, fragte Leonie.

Larry zuckte die Schultern. „Ab ins Tierheim, denke ich. Da kann ihn sein Besitzer dann abholen. Zusammen mit der Nachricht über das Bußgeld.“

„Und wenn der Hund niemandem gehört?“

„Jeder Hund gehört doch irgendwem.“

„Ja, aber was, wenn nicht? Ich kann mich nicht erinnern, ob er ein Halsband getragen hat – eher nicht, glaube ich.“

„Was spielt das für eine Rolle? Aber wenn es dich interessiert, frag doch bei denen im Tierheim nach."

Es gab nur ein Tierheim in diesem Bezirk des Fraser Valley, das *Pet Sanctuary* am King George Highway in Surrey. Ein schwarzer Dobermannmischling befand sich nicht dort. Leider, so erklärte ihr vermutlich eine Volontärin lispelnd, könne man Streuner nicht länger als vierundzwanzig Stunden dabehalten. Es gebe einfach zu viele von ihnen in Coquitlam, New West und den anderen Ortschaften, für die man noch zuständig sei. Immer wieder würden Hunde ausgesetzt, ohne Steuermarke, sodass die Eigentümer nicht zu identifizieren und fein heraus seien. In den kommenden Sommermonaten werde es damit überhand nehmen. Leonie dankte für die Auskunft und legte auf. Die lispelnde Volontärin hatte es nicht ausgesprochen, aber was im *„Sanctuary"* mit den Hunden geschah, die man nicht dabehalten konnte, lag auf der Hand.

Am folgenden Morgen ging Larry mit jenem verträumten Ausdruck, den sein Gesicht annahm, sooft der Drang sich zu verbarrikadieren übermächtig wurde und die Arthritis es zuließ, in die Werkstatt, die fast so geräumig und ebenso alt war wie das Wohnhaus, mit dem Unterschied, dass dort Waschbären statt Termiten in den Wänden gehaust hatten.

Noch im ersten Monat nach ihrem Einzug hatte Leonie den Kammerjäger bestellt. Diese Schlacht war gewonnen, doch es gab weitere, hartnäckigere Gegner im Haus, die sich nicht so leicht vertreiben ließen, den stockigen Geruch etwa, der aus den äußeren Holzverschalungen ins Innere drang, oder die feuchten, mit allem möglichen Plunder gefüllten Pappkartons auf dem Dachboden. In regelmäßigen Abständen legte Larry Rattengift aus, und manchmal fand er ein paar Tage darauf einen Kadaver zwischen den Kisten, den er dann, möglichst unbemerkt von Leonie, in der Mülltonne im Garten verschwinden ließ. Dennoch, mit seiner Anhänglichkeit an verjährte Zeitungen, mottenzerfressene Wolldecken, angeschlagenes Steingutgeschirr und kaputte, mit dem Fettstaub von Jahrzehnten verklebte Küchengeräte war er der stärkste Verbündete der Phänomene jenes Chaos, vor dem Leonie ihn hatte schützen sollen und dem sie den Krieg erklärt hatte. Immerhin war das die einzige sichtbare, wenn auch unbedeutende Dankbarkeit, die sie in die Waagschale ihrer Schuldigkeiten werfen konnte, dafür, dass Larry sie geliebt und mit seiner anspruchslosen Güte umgeben hatte.

Bis zum Dinner würde er mit dem Walnussholztisch beschäftigt sein, den er in Arbeit hatte, sie konnte sich also in Ruhe die Fenster vornehmen. Nicht alle, nur die im Wohn- und im Esszimmer und das Oberlicht in der Küche. Gegen vier Uhr rief sie erneut im Tierheim an. Diesmal hatte sie mehr Glück. Ein Streuner, auf den ihre Beschreibung passte, sei am Vormittag abgegeben worden, wenn sie ihn sehen wolle, komme sie am besten gleich vorbei.

Leonie zog sich um und ging hinüber in die Werkstatt. Bis vor wenigen Jahren hatte Larry hier zwei, manchmal drei Tischler beschäftigt, meistens mit der Restaurierung von Shaker-Möbeln aus dem 17. und 18. Jahrhundert, kostbaren Stücken aus Pinie, Ahorn und Nussbaum, und die Werkstatt war vom Kanon der Feilen und Fräsen, der Stech-, Hohl- und Schnitzbeitel, der Furnierhämmer und Beizepinsel erfüllt gewesen. Seit Larry allein und nur noch an besonders verlockenden Aufträgen arbeitete, übertönte Orchestermusik die Werkzeugmelodie. Gerade brauste die Vierte von Bruckner durch die Werkstatt und das kleinere Büro, das Larry sich als ein Refugium eingerichtet hatte, und wie

meistens bemerkte er Leonies Eintreten gar nicht. Tagelang hatte er die wolkig gemaserte Tischplatte unter den sanft kreisenden Bewegungen seiner Hände abgeschliffen, nun war er dabei, die Platte mit einer hauchdünnen Lasur zu überziehen.
Leonie bewunderte ihn, wenn er so war wie jetzt, konzentriert auf die Verrichtungen seiner geübten Finger und umtost von den Symphonien, die er so oft gehört hatte, dass er sie vom ersten bis zum letzten Takt hätte pfeifen können, Herr dieses nach Holz und Leinöl duftenden Kosmos, dessen Unübersichtlichkeit nicht von Chaos und Resignation zeugte, sondern von Fülle und Zielstrebigkeit. In solchen Momenten weckte sein Gesicht mit der fleischigen Nase, den kleinen, brauenlosen Augen und dem Doppelkinn, das, wenn er den Kopf senkte, wie ein viel zu großer, schlaffer Kragen auf den Hals herabhing, in ihr den fast schmerzhaften Wunsch, zärtlich zu werden.
Endlich wandte er sich ihr zu, mit dem ihr vorbehaltenen raschen Lächeln, das bis in seine Augen reichte und sein Gesicht in das eines Kindes verwandelte: „Ah, du ...“
„Ja ... ich wollte nur Bescheid sagen. Ich fahre zum Tierheim. Sie – sie warten auf mich.“
Larrys Lächeln schwand, seine Augen verengten sich. „Was hast du vor? Geht es wieder um diesen Hund?“
Leonie hob die Hände und ließ sie wieder sinken.
„Was soll das, willst du etwa einen dahergelaufenen Köter adoptieren – noch dazu einen, der dich gebissen hat? Das Tier kann gefährlich sein, unberechenbar, das ist dir doch klar? Wenn du einen Hund haben willst, schön, aber warum muss es ausgerechnet dieser sein?“
Sie fühlte sich überrumpelt. Über den Besuch im Tierheim hinaus hatte sie noch nicht gedacht.

Schließlich nickte Larry, einmal nur, abrupt: „Nun ja ... überleg dir das noch mal, Leonie. Überleg es dir gut."

Die Hundeabteilung des Tierheims bestand in einem niedrigen Kellerraum mit je zwölf vergitterten Boxen zu jeder Seite, sodass man sich einen schmalen Gang entlang, mitten hinein in das Kläffen der Insassen, wagen musste, doch die Käfige sahen sauber aus und die Tiere gesund. Die meisten Gefangenen waren wohl Schoßhunde, die sich bloß verirrt hatten und hier, je nach Temperament, ängstlich, empört oder stoisch auf ihren menschlichen Leithund warteten – Larry hatte einmal gesagt, jeder Hund betrachte seinen Herrn als Haupt eines imaginären Rudels –, mehrheitlich kleinere Exemplare mit molligen Flanken und gebürstetem Fell.

Der schwarze Hund hatte sich im hinteren Teil seiner Box zusammengerollt und schenkte Leonie keinerlei Beachtung, als sie vor den Käfig trat. Er leckte eine Stelle an seiner Hüfte, eine Wunde, die ihm der Hundefänger beigebracht haben mochte.

Auf der Fahrt durch den zähflüssigen Verkehr auf dem Marine Drive hatte sie sich ausgemalt, was sie Larry sagen konnte: Schau, ich habe es satt, die Straßenseite zu wechseln, sobald ich hinter einem Zaun ein Bellen auch nur vermute. Oder: Die bringen die Streuner da einfach um, und ich kann doch nicht, ich bin doch. Womöglich gar: Ich bin sie leid, diese kindischen Träume, und der beste Weg, sie loszuwerden, ist eben. Aber jede dieser Erklärungen schien ihr gerade plausibel genug für eine Schutzbehauptung zu sein. Später, in der herbstlichen Morgendunkelheit den Nebelhornrufen über dem Fraser River und der Brandung des Highway lauschend, sollte sie noch manches Mal darüber nachdenken, und an neun von zehn Tagen sollte sie zu dem Schluss kommen, dass ihre Entscheidung für den Hund in der Minute gefallen war, in der sie ihn seine Wunde lecken sah.

„Geben Sie mir die Papiere", bat sie die Tierpflegerin, die ihr bereitwillig das Clipboard hinhielt, damit Leonie unterschreiben konnte: eine Freistellungserklärung für das *Pet Sanctuary* und den obligatorischen Antrag auf eine Steuermarke, auf dem auch der Name des Hundes angegeben werden sollte.

„Wie wär's mit Blacky?", schlug die junge Frau vor, schlank und makellos in ihrem hellblauen Kittel und sehr freundlich. Falls sie Leonie für unvernünftig hielt, ließ sie es sich nicht anmerken.

„Ja, warum nicht Blacky – oder Black."

Als Leonie nach Hause zurückkam – noch rechtzeitig für ein pünktliches Dinner –, war Larry immer noch in der Werkstatt. Sie trug Black auf den Armen ins Haus, froh über die Beruhigungsspritze, die man ihm verabreicht hatte, und ließ ihn, indem sie sich mit einem komischen kleinen Ächzen hinkniete, auf die Steppdecke halb rutschen, halb kriechen. Dass Larry diese Decke im Flur bereitgelegt hatte, stimmte Leonie optimistisch. Es war ein Zeichen seines Einverständnisses, ein Willkommensgruß.

Nachdem Black zwei ganze Nächte hindurch auf dem Flur gewinselt hatte, legte Leonie die Steppdecke ins Schlafzimmer. Das trug zwar nicht dazu bei, Larrys Skepsis zu zerstreuen, doch in dieser Phase ihres Zusammenlebens mit Black waren Kompromisse nun einmal unvermeidlich.

Auf Empfehlung der Tierpflegerin mischte sie jeden Abend einige Tropfen eines Sedativums unter sein Futter, glaubte aber bald darauf verzichten zu können. Natürlich bekam er frisches Fleisch, kein Dosenfutter. Besonders mochte er Pansen, am besten leicht angewärmt – was Larry, der den Geruch nicht ertragen konnte, zu ostentativ angewiderten Grimassen animierte –, aber auch Rinderlefzen, die sie mit in Magermilch eingeweichten Haferflocken vermengte, und gekochtes Huhn, aus dem sie sorgsam die Knochen entfernte. Larrys gutmütiger Spott, die Zubereitung dieser Hundemahlzeiten nähme bald mehr Zeit in Anspruch als die für ihr Dinner, war gewiss übertrieben, doch sie konnte nicht leugnen, dass es ihr Freude machte, sich mit dem Hund zu beschäftigen.

Auf dem Couchtisch im Wohnzimmer stapelten sich Fachzeitschriften und Bücher, die Anne, ihre Freundin aus dem Tennisclub und eine wahre Hundenärrin, ihr empfahl. Sie studierte Artikel über Genealogie, Erziehung und Ernährung von Hunden im Allgemeinen und bestimmter Rassen im Besonderen, und notierte Beobachtungen zu Blacks Verhalten zu Hause und auf ihren Spaziergängen, um sich ein Bild von seinem Wesen zu machen und vielleicht auch von seinem Leben mit der vorigen Besitzerin. In den Büchern war vom „Wesen“ der Hunde die Rede, was ihr gefiel, weil das Wort mehr zu enthalten schien als eine Kombination von Gattungsmerkmalen, fast so etwas wie das Vorhandensein einer Seele suggerierte.

Dass Black einer Frau gehört hatte, stand für Leonie außer Frage. Vom ersten Tag an hatte sich der Hund ihr angeschlossen, mit einer Selbstverständlichkeit, als habe in Wirklichkeit er sich für sie entschieden, habe gerade sie ausgewählt unter den Passanten im Park, ihrer anfänglichen Furcht und ihrem Ausweichen zum Trotz. Es mochte irgendeine Ähnlichkeit zwischen ihr und jener Unbekannten bestehen, doch wer immer früher Blacks Herrin

gewesen war, sie hatte offensichtlich ein regelmäßiges Leben geführt.
Viermal am Tag, um sieben Uhr morgens, mittags um zwölf, um fünf am Nachmittag und abends um zehn, verlangte Black nach draußen gelassen zu werden. Sie hatte ihm ein schönes Halsband aus Kalbleder und eine geflochtene Leine gekauft, und jetzt war es ein Vergnügen, durch den Park zu gehen. Immer noch kam es vor, dass sie bei lautem Gebell zusammenzuckte, aber das war nur ein alter Reflex, über den sie nun lächeln konnte. Wie kindisch sie gewesen war, wie verbohrt in ihre Phobie, und wie dumm. Als hätten ihr hektischer Slalom um alles herum, das größer als ein Dackel war, ihre nervösen Seitenblicke, ihr ganzes mühsam kaschiertes Fluchtgebaren je etwas anderes hervorrufen können als gegenseitiges Misstrauen. Mit Black an ihrer Seite fühlte sie sich sicher. Keiner der Vierbeiner im Park, auf der Columbia Street oder im Auslaufgebiet nahe dem Community College, wo der übliche Leinenzwang nicht galt, näherte sich ihr. Nicht einmal die granitgraue Deutsche Dogge, vor der ein Schild an einem blickdichten Zaun in der 6th Avenue warnte, zeigte irgendein Interesse, sich auf eine Auseinandersetzung mit Black einzulassen, wenn der sich, das Nackenhaar leicht gesträubt, quer vor Leonie stellte, sie hinter seinem hohen Widerrist und mit der größten Fläche seines Körpers schützend.
Am liebsten jedoch streiften sie durch die Wälder, die sich, keine Autostunde von New West entfernt, ins Küstengebirge der North Shore erhoben. Obwohl es auch dort nicht erlaubt war, nahm Leonie ihrem Hund die Leine ab, sobald sie den zumeist leeren Parkplatz hinter sich gelassen hatten und in die flimmernden Schatten der Sequoias eintauchten. Allein der Duft der Pilze, die wie samtige, grünlich-weiße

und rotbraune Rüschen die Rinden blitzgefällter Bäume bedeckten, nach feuchtem Farn und Laub, ließ sie freier atmen und in eine raschere Gangart fallen, die zugleich ohne jede Eile war, einzig bestimmt von ihrer Einigkeit darüber, dass es auf diesen Wanderungen kein anderes Ziel gab als das Gehen, das Ein und Aus ihres Atems, das in der Stille, einer aus Wasserplätschern, Spechthieben, der in den Bäumen sich bewegenden Luft und tausend anderen Geräuschen gewobenen Stille, deutlich zu vernehmen und so belebend war, als füllten sich nicht nur ihre Lungen, sondern ihr ganzer Körper mit etwas Leichterem als Sauerstoff, das die Schwerkraft vergessen machte. Wenn sie auf dem so lange wie möglich hinausgezögerten Weg zurück zum Parkplatz nach den Wagenschlüsseln in ihrer Hosentasche nestelte, fragte sich Leonie, warum sie seit Jahren auf dieses Glück verzichtet hatte, Larry und sie waren früher doch auch gewandert. Gewiss, da waren seine Schmerzen in den Knien, den Schultern, im Rücken, und obgleich er sie bestimmt dazu ermuntert hätte, hatte sie ohne ihn nicht gehen mögen.
Auch Black zog den linken Lauf ein bisschen nach. Die Wunde an seiner Hüfte war ebenso gut verheilt wie die an Leonies Hand, doch die rüde Behandlung durch den Hundefänger, den Larry auf ihn gehetzt hatte, konnte eine tiefere Verletzung hinterlassen haben. Wahrscheinlich würde ihm das Hinken bleiben, ein Andenken an ihre Begegnung an jenem Abend im Mai, so wie ihr selbst eine dünne weiße Narbe unterhalb des rechten Daumens blieb.
„Da, du Tunichtgut, siehst du das?“, konnte sie ihn munter fragen, wenn sie bei einer ihrer Ruhepausen an einem mosweichen Baumstumpf lehnte und seine warme raue Zunge über ihre Hand fuhr.

Ja – und?, schien der schräge Blick zu antworten, mit dem er dann zu ihr aufblickte. Obgleich sie sich seine Gedanken nicht vorstellen konnte, ahnte Leonie, dass sie in einem geheimnisvollen, uralten Dialekt, in einem Alphabet verborgener Düfte und Laute in dieselbe Richtung mäanderten wie ihre eigenen. Auf unauffällige Art waren sie beide Versehrte, Veteranen mit Erinnerungen, die sie mit niemandem teilten, und beide hatten sie zur Not auch schon ein-, zweimal zugebissen, wenn der Schmerz zu stark war, oder die Angst davor. Vielleicht, dachte sie, als sie über seine Flanken streichelnd den Widerstand eines alten Bruchs an seinem Rippenbogen ertastete, kannte auch er den Schrecken von Träumen, in denen er von furchteinflößenden Wesen gejagt wurde, nur dass seine Verfolger kein Fell, sondern Menschengesichter trugen. Aber das war nun vorbei. Wie er sie gegen die Dogge aus der 6th Avenue abschirmte, so würde sie ihn gegen jeden Angriff seitens ihrer Artgenossen zu verteidigen wissen, und in den Minuten der Zwiesprache zwischen dem Geruch ihrer verschwitzten Haut und seiner über ihre Hand leckenden Zunge zweifelte sie nicht daran, dass er das wusste. Er gehörte zu ihr.

Annes ohnehin von der Junisonne gerötetes Gesicht hatte die Farbe ihres engen – für ihren übergroßen Hängebusen zu engen – fuchsiaroten Sommertops angenommen: „Wie denkst du dir das, sag mal! Soll das so weitergehen, dass euer – *Black*, dass der sich über sämtliche Hündinnen in der Nachbarschaft hermacht!“
Vor zwei Tagen war es zwischen ihm und Annes hysterischer Pointerhündin Cindy zu einer Beißerei gekommen, bei der einer seiner Eckzähne ihr Ohr durchbohrt hatte.

Selbstverständlich hatte Leonie die Kosten für den Tierarzt übernommen, aber es war nichts weiter als eine der Rangeleien gewesen, wie sie seit Urzeiten zwischen Rüden und Hündinnen stattfanden, und bis auf den Kratzer am Ohr war Cindy ja unverletzt.
„Wenn ihr euren Hund nicht ordnungsgemäß abrichten könnt, dann müsst ihr ihn eben an die Kette legen", fuhr Anne fort. Ihre sonst zusammengekniffenen, blassblauen Augen waren so weit aufgerissen, dass sie wie Glasmurmeln aus den Höhlen traten, wenn sie weiter so starrte, würden sie ihr am Ende herausfallen und davonkullern.
„Was heißt hier ordnungsgemäß, Anne? So etwas ist doch keine Frage der Ordnung, sondern die natürlichste Sache ..."
„*Natürlich?*", keifte Anne. „Er ist über die Zäune gesprungen, euren *und* unseren – dieser Höllenhund wollte Cindy vergewaltigen! Aber es gibt *Gesetze*, weißt du, Gesetze!"
Leonie lachte laut heraus. Anne musste den Verstand verloren haben, wenn sie glaubte, dass sie Black anketten würden, bloß weil er seinem Instinkt gefolgt war. *Vergewaltigung* – wahrscheinlich hatte Cindy ihn sogar angelockt, und es wäre nie zu dem Biss gekommen, hätte Anne nicht versucht, die Tiere mit Gewalt zu trennen. Sollte sie doch Anzeige erstatten, Leonie war es gleich. Der ganze Auftritt berührte sie inzwischen dermaßen peinlich, dass sie nur noch den Wunsch hatte, die Andere möge verschwinden, am besten auf Nimmerwiedersehen. Doch bald, fiel ihr ein, war Anne sowieso fort, sie und John, ihr sterbenslangweiliger Ehemann, hatten ihr Grundstück an das County verkauft und waren schon dabei zu packen.
Leonie hatte nicht vorgehabt, Larry mit diesem Unfug zu beunruhigen, aber der Miene, mit der er am Nachmittag

aus der Werkstatt hereinkam, konnte sie ablesen, dass Anne auch ihm einen Besuch abgestattet haben musste.

„Ich verstehe gar nicht, wovon du redest", sagte Leonie, das heiße Gesicht über die Servierplatte gesenkt, auf der sie gerade einen Turm aus Sandwiches anrichtete. Zwei befreundete Ehepaare hatten sich auf einen Drink angekündigt. Das Viertel um den Queenspark entvölkerte sich von Woche zu Woche merklicher, doch im Falle der Withakers und der Cramers sollte es kein endgültiges Lebewohl sein, sondern ein netter Auf-bald-Umtrunk. Ausgerechnet jetzt musste Larry etwas von „besserer Aufsicht" faseln, von „Verantwortung" und „vernünftigen Lösungen", und alles, weil Black vielleicht einmal aus der Rolle gefallen war.

„Dass es eben nicht das erste Mal war, davon rede ich", sagte Larry und presste unter der Anstrengung, ruhig zu bleiben, die Lippen so fest zusammen, dass seine untere Gesichtshälfte aussah wie ein tausendmal zu oft ausgewrungener Lappen. „Hast du die Briefträgerin vergessen? Oder den Vorfall letzten Monat, mit der Kleinen vorm Supermarkt?"

„Sie hätte Black nicht anfassen dürfen, solange er angeleint war. Warum bringen Eltern ihren Kindern so etwas nicht bei, bevor es Ärger gibt? Und was diese Briefträgerin betrifft –"

„Nein! Nein, es liegt nicht an den anderen. Es ist Black. Du musstest ihn ja unbedingt hierher bringen, – bitte sehr, meinetwegen. Aber wenn du nicht riskieren willst, dass jemand ernstlich zu Schaden kommt, müssen wir etwas unternehmen."

„So, und was schlägst du vor? Willst du einen Kettenhund aus ihm machen, eine dieser Kreaturen, die aus Verzweiflung böse werden und alles zerreißen, was in ihre Nähe kommt? Famose Idee – hast du das von Anne?"

„Unsinn, keiner redet von der Kette. Du tust Anne unrecht. Hier, das hat sie mir gegeben.“ Er nestelte in der Brusttasche seines Overalls herum und zog ein grellfarbiges Heftchen hervor, das Leonie an den Prospekt einer Sekte erinnerte, Christian Science oder etwas ähnlich Fundamentalistisches: „Sieh's dir wenigstens mal an.“
Das Wandtelefon neben dem Eisschrank gab sein altmodisches Schrillen von sich, Larry ging an den Apparat, murmelte Bedauerndes, Verständnisvolles, und legte dann den Hörer bedächtig auf die Gabel. Black, der in Erwartung des einen oder anderen Leckerbissens still zu Leonies Füßen gelegen hatte, verfolgte Larrys Bewegungen mit angelegten Ohren.
„Sie haben abgesagt. Der jüngste Cramerjunge hat die Grippe. Sommergrippe.“
„Tatsächlich.“
Leonie nahm die Sandwichplatte und stellte sie vor Black auf den Boden. Während er lautstark zu fressen begann, sich am geräucherten Lachs mit Frischkäse delektierte, rosiges Roastbeef, ungarische Salami und Emmentaler auf der Zunge hin und her schob, den Camembert verwarf, mit angewidertem Schnauben einen Zwiebelring ausspuckte, Baguette, Multigrain, Ciabatta in feuchten Krümeln auf die gebohnerten Fliesen fallen ließ, während er fraß und fraß, kraulte sie seinen seidigen Nacken unablässig, unersättlich.
Larry rieb sich beide Hände längs den Hosennähten ab, als sei er ins Schwitzen gekommen.
„Manchmal mache ich mir Sorgen um dich, Leonie. Manchmal ...“
Black hob den Kopf und knurrte. Es war ein tiefes und dabei äußerst beherrscht klingendes Grollen, wie von einem

in der Ferne niedergehenden Unwetter, das aber unweigerlich heranstürmen und über einem losbrechen musste. Ohne ein weiteres Wort drehte Larry sich um und ging hinaus.

Leonie fegte Annes Broschüre von der Anrichte. Es war genau das, was sie erwartet hatte: papageienbunte Abbildungen von Zwingern, Hundehütten und Würgehalsbändern unter allerlei verniedlichenden Bezeichnungen. Zusammen mit Blacks Speiseresten schob sie das Werbeblättchen auf die Kehrichtschaufel und warf alles in den Mülleimer.

Sorgen also machte Larry sich um sie. Warum sorgte er sich nicht lieber um den Cramerjungen? Sommergrippe, aber sicher – wenn man jetzt bei den Cramers vorbeiginge, sähe man den Bengel wahrscheinlich mit Fred, seinem angebeteten Vater, ein paar Bälle in den Korb an der Garagenwand werfen, ahnungslos, dass Daddy nicht den Mut hatte, aufrichtig zu sein.

Larry gab natürlich Black die Schuld. Seit der Hund da sei, wagten die Freunde sich kaum noch ins Haus. Dabei war überhaupt nichts geschehen, außer dass Fred sich bei seinem letzten Besuch vor sechs Wochen beobachtet gefühlt hatte, in Schach gehalten, wie er es mit einem unsicheren Lachen ausdrückte. Beth Withaker wiederum hatte es nicht gemocht, wenn der Hund zutraulich wurde. Sie verabscheue es, vollgespeichelt zu werden, hatte sie Larry einmal im Vertrauen erklärt. Vermutlich hockten sie jetzt alle bei Anne und steckten die Köpfe zusammen, hinter den Masken nachsichtigen Wohlwollens durchhechelnd, was sie wussten oder vielmehr zu wissen glaubten über Larrys und ihr Leben, gierig auf Neuigkeiten, die der Missgunst Nahrung gaben: Stimmte es, dass Black ein kleines

Mädchen angefallen hatte? Selbst wenn das Kind gottlob bloß einen Kratzer abbekommen hatte, wie konnte es angehen, dass Leonie sich so uneinsichtig zeigte, unter diesen Umständen, dass sie sogar eine Freundin wie Anne hinauswarf, die es gut mit ihr meinte?

Freilich, man hatte Leonie von Anfang an etwas merkwürdig gefunden, verschlossen und, so höflich sie sein konnte, irgendwie roh, unerzogen unter dem Firniss ihrer manchmal überraschenden, insgesamt aber doch wohl kaum mehr als irgendwo zusammengestoppelten Bildung, und voller Komplexe, wie es Leute unklarer Herkunft oft waren. Weshalb stand sie nicht zu ihren Wurzeln, dann hätte man sie verstehen, ihr helfen können, man hätte sie akzeptiert, mitsamt dem Odeur der Reservation, in der sie aufgewachsen war, und der abweisenden Kälte aus den Northwest Territories. Armer harmloser Larry, hatte man es ihm nicht gesagt, sehr zartfühlend selbstverständlich, als er mit dieser Frau ankam, die angeblich keine Familie hatte – zumindest keine, die präsentabel genug war, um zur Hochzeit eingeladen zu werden –, einer noch vorzeigbaren Vierzigjährigen, die, bevor sie sich bei einem Mann einnistete, der ihr Vater hätte sein können, mal hier, mal dort gelebt hatte, und wer wusste schon, wovon? Nun, seit der Heirat natürlich von Larrys schwerverdientem Geld, den Job bei der Versicherung hatte sie ja gekündigt, angeblich, weil Larry das so wollte, und zum Dank dafür nahm sie auf ihn nun weniger Rücksicht als auf ihren Hund, aber er würde es bald einsehen, einsehen müssen, und dann würde er ihrer aller freundschaftlichen Beistand brauchen, ja, bald wäre man wieder unter sich ...

So sah Leonie sie in schönster Harmonie beieinander sitzen, die guten Freunde, die sich zur Stunde von der

Pointerhündin Cindy vollspeicheln ließen, besser noch: sich gegenseitig vollspeichelten, während sie riesige Stücken von Annes fettigem Peacan Pie in sich hineinstopften, die Bissen mit Annes bitterem Kaffee und endlich auch dessen Nachgeschmack mit Annes lauen Gin Tonics hinunterspülten. Zum Teufel, ein Hund hatte wirklich mehr Charakter, ein klareres Wesen als diese Heuchler, man konnte froh sein, sie loszuwerden.

In dieser Nacht legte Black sich zum ersten Mal neben Leonie aufs Bett. Sie spürte seinen langsamen, gelösten Schlafatem über ihren Nacken streichen, seine Pfoten träumend leicht über ihren Rücken traben. Sie waren wieder im Wald, auf einer sonnigen Lichtung im wogenden Farn, inmitten hellgrüner Grannen, warm wie Fell, und weit und breit kein Mensch. Sie waren in Sicherheit.

Um halb sieben klingelte es Sturm, und Leonie sprang taumelnd auf die Füße: Richtig, heute war der vierundzwanzigste Juni, der Tag, an dem man beginnen wollte, den Schacht für den Betonpfeiler auszuheben. Sie warf sich ein knielanges T-Shirt über, ging zum vorderen Eingang und erwischte den aufgeregt anschlagenden Black am Nackenfell, bevor der sich durch den Türspalt zwängen und auf den entgeisterten Störenfried stürzen konnte, der, seinen Schutzhelm wie einen Sonntagshut in der Hand haltend, in den Vorgarten zurückwich. Leonie schob den immer noch erbost bellenden Hund mit einem Bein in den Flur.

„So ist er sonst nie“, sagte sie lahm. „Bitte entschuldigen Sie.“

„Kein Problem“, nuschelte der Mann. Er schämte sich für sein Rückwärtsstolpern, das konnte Leonie sehen. Hoffentlich war es ihm unangenehm genug, Larry gegenüber nichts zu erwähnen.

Es ging um den Zaun an der südlichen Grundstücksgrenze. Larry hatte ihn längst niederreißen wollen, nicht nur auf der Strecke, die in Zukunft von dem Pfeiler blockiert werden sollte, sondern vollständig, denn die von Wind und Wetter ausgezehrten Staketen wurden nur noch von dem Efeu aufrecht gehalten, der sie bis zur Unkenntlichkeit überwucherte.
Auch Larry hatte offenbar verschlafen, er kam gerade aus der Werkstatt, als Leonie und der Helmträger – der Vormann dieses Abschnitts hier, und falls es Probleme gäbe, solle sie nach Allister fragen, jederzeit – bei dem im Leerlauf brummenden Bulldozer ankamen. Leonie hörte kaum hin, sie registrierte reuig Larrys fahle, unter den Bartstoppeln eingefallen wirkenden Wangen. Er war zermürbt von einer Nacht auf seiner durchgelegenen Bettcouch, sie hätte ihn gestern Abend ins Haus holen, ihn nötigenfalls darum bitten sollen. Er war so leicht versöhnt, besonders mit gebratenen Eiern, Speck und gebuttertem Rosinenbrot zum Schluss, einem Frühstück, wie er es mochte und sie es ihm, der Arthritis wegen, viel zu selten gönnte. Nun nickte er, scheinbar geistesabwesend, zu allem, was Allister vorschlug, weshalb auch nicht, es lag ihm nichts an dem restlichen Zaun, und schließlich konnte er nicht erwarten, dass man sich noch mit Feinheiten aufhielt, nachdem er die Angelegenheit so lange hatte schleifen lassen. Nur den Walnussbaum hätte er gern stehen lassen, der Eichhörnchen wegen, die er liebte und die ihm regelmäßig die Nussernte verdarben, aber da war nichts zu machen, der Baum würde fallen. Bis spätestens morgen, versprach Allister, würde man eine Firma auftreiben, die das erledigte, sie brauchten sich um nichts zu kümmern. Leonie stellte sich neben ihren Mann und berührte seinen Unterarm mit dem Handrücken. Sie war nicht sicher, ob er es bemerkte,

aber der leise Gegendruck seines Arms, zufällig oder nicht, tröstete sie dennoch.
Noch eine Unterschrift von Larry, dann winkte Allister dem Mann im Führerhaus des Bulldozers, das mächtige Gefährt röhrte wie zur Bestätigung auf, ruckte an, und Leonie, das Geräusch der wie Streichhölzer umknickenden Staketen im Ohr, kehrte ins Haus zurück. Ihre Einladung zu einem ausgiebigen Frühstück hatte Larry abgelehnt, er wollte sich lieber noch etwas hinlegen, trotz des Lärms, und gegen Mittag zum Lunch herüber kommen. Immerhin blieb ihr so mehr Zeit für die fälligen Hausarbeiten.
Nach der kleinen Morgenrunde durch den Park – an der kurzen, heute von Blacks Unruhe ständig gestrafften Leine – zog sie die Seite des Bettes ab, auf der er genächtigt hatte, fütterte erst ihn, dann die Waschmaschine und rückte anschließend dem Schlafzimmerteppich mit Shampoo und Bürste zuleibe. Rund um Blacks Decke war der beige Sisalbelag schon fast schwarz.
Anders als den Withakers oder den Cramers lag weder ihr noch Larry daran zu repräsentieren, aber sie hatte sich immer gern um die verwohnte, doch behagliche Einrichtung gekümmert. Nachdem sie das Haus damals, vor ihrer Hochzeit, entrümpelt und Larry dazu überredet hatte, wenigstens einige seiner eigenen Möbel aufzuarbeiten, war es für ihn wieder zu einem Heim geworden. Warum also fühlte sie sich jetzt angesichts der abgenutzten Böden, der überladenen Regale und des knarrenden Ohrensessels so mutlos, so schwach, als könne sie ihren Aufgaben, die doch einfach genug waren, nicht länger gerecht werden? Woher diese Lust zu kapitulieren, das Haus und alles darin sich selbst zu überlassen? Die vertrauten Handgriffe, bei denen sie sonst ihren Tagträumereien nachgehangen hatte,

beruhigten sie nicht, im Gegenteil, statt hier in dem nie ganz zu besiegenden Geruch nach feuchtem Holz an den schwarzen Stellen des Teppichs herumzureiben, wünschte sie sich mit Black in den Wald. Sie konnte diesem Wunsch gleichsam dabei zusehen, wie er sich zu einer veritablen Verstimmung auswuchs. Mehr als an jedem anderen Ort, an dem sie gewohnt hatte, standen ihre Bemühungen hier unter dem Zeichen der Vergeblichkeit. Schon erschien es ihr fast angemessener, die Dinge zurücksinken zu lassen in den Zustand, der vielleicht ihr natürlichster war, sie zu entlassen in ihre vormalige Eintracht unter dem Staub und in ihre heitere Invalidität, als käme das einer Befreiung der altersmüden Gegenstände gleich.
Selbst aus ihrer knienden Haltung kam sie schneller auf die Beine, als sie es ihren Gelenken zugetraut hätte, und doch nicht innerhalb der Sekunde, die Black brauchte, um fünf oder sechs Yards mit etwas zu überbrücken, das wie ein einziger, wundervoll flüssiger Sprung aussah – nicht aus dem Stand, aus dem Liegen heraus – und Larry im Flur festzuhalten, seinen Körper von den Fersen an, über die in Oberschenkelhöhe an die Paneele gepressten Handflächen bis hinauf zu den Schultern an die Wand zu nageln, auf den Hinterbeinen stehend, die Vorderpfoten zu beiden Seiten neben Larrys Kopf abstützend, die entblößten Zahnreihen gerade weit genug geöffnet, um diesem Laut Raum zu geben, den Leonie schon einmal, gestern, gehört hatte, jenes tiefe Knurren aus dem Bauch emporfluten und durch die Kehle rollen zu lassen, das Leonie, wenn sie wollte, als eine Warnung an ihren Mann auffassen konnte, möglicherweise die letzte.
Sie sah das Zittern in Blacks mannshoch aufgerichtetem teerschwarzen Leib, die blanke, elegante Krümmung seiner

Eckzähne, das beinahe höhnisch anmutende Funkeln seiner Lichter, vor denen Larry die gelblichen Augen zusammenkniff, als tränten sie wie so oft, sie sah Larrys Bauch, krampfhaft eingezogen, wie überhaupt sein bauchiger Leib sich in sich zurückziehen und verschwinden zu wollen schien, sie roch Larrys Schweiß, denselben Schweiß, der ihr schon oft in die Nase gestochen war, den säuerlichen, leicht ranzigen Geruch kalten Schweißes – das alles nahm sie auf einen Schlag wahr, mit einem Blick, der Vergangenheit und Gegenwart erfasste und das eine durch das andere erhellte, sodass ihr, was bis vor einem Moment noch unbegreiflich gewesen war, Blacks zitternde, knurrende Wut, nun sehr verständlich wurde, ein Gefühl, dessen Klarheit sie bis in die Mundhöhle hinein frieren machte: Der Hund roch Larrys Angst. Sie umnebelte ihn, stieg ihm zu Kopf wie eine Droge, erhitzte sein Blut, fuhr ihm in die Muskeln, ins Mark, in die Zähne, die plötzlich empfindlich waren wie sein Gaumen, voller Leben, Nerven, Juckreiz, ja, Blacks Zähne juckten, er musste sie an etwas reiben, in Holz oder Knochen graben, in irgendetwas, das den Reiz stillte, den Speichelfluss, an dem er, wenn er die Fänge schlösse, ersaufen musste, es war kaum auszuhalten, nicht zuzubeißen, in das Fleisch, das diesen Gestank absonderte, die Angst nicht daraus hervorzureißen, sie zu packen, ihr den beängstigenden, beißenden Atem abzuwürgen, sie zu schütteln, bis sie schwächer wurde und irgendwann aufhörte. Die Angst des Mannes machte den Hund wahnsinnig.

„So“, sagte Leonie vorsichtig, denn ihre Zunge schien so zerbrechlich zu sein wie eine Oblate aus Eis, paralysiert vor Verwunderung. Larry hatte Angst. Nicht erst heute, und nicht nur vor dem Hund. Er hatte sie seit langem, vor vielem.

Vor neuen Dingen, fremden Dingen, Dingen, die sich ohne sein Zutun veränderten. Sie hatte diesen Schweiß an ihm gerochen, als er mit den Leuten vom County telefonierte, oder wenn er die amtlichen Schreiben öffnete, selbst vorhin, als sie mit Allister am Zaun standen. Und sie hatte ihn manchmal im Bett gerochen, wenn sie sich unter einer Berührung gleich aufzulösen, aus jeder Pore aus sich herauszuschmelzen meinte, während Larrys Haut, die an der ihren nie welk, sondern wie altersweiche Seide gewesen war, sich mit einer zweiten, kalten Haut bedeckte, einer Angsthaut, die auch sie frösteln machte, sie die Beine um ihre Hände pressen und ihren Körper zusammenschrumpfen ließ auf einen gänsehäutigen Knoten.

„So ...“

Ihre Hand glitt in das dichte Fell hinter Blacks Ohren und das Rückgrat entlang, fest und besänftigend, und sofort wandte sich der Hund von dem Mann an der Wand ab, ließ sich auf die Vorderpfoten hinab und schmiegte sich, einen Rest seines Grolls mit einem gaumigen Klicklaut hinunterschluckend, an Leonies Beine.

Längs des Südzauns wurde der Garten im Laufe des Juli zum Kahlschlaggebiet. Wie algenumranktes Treibgut zwischen ausgerissenem Efeu, Beerengesträuch und Fallholz ausgebreitet, säumten die umgestürzten Staketen die Grundstücksgrenze bis hin zu dem Krater, wo man den Wurzelstock des Walnussbaums aus der Erde geholt hatte. Die Krone hatten die Holzfäller auf ihren Transporter geladen und mitgenommen, den Stamm aber zerlegte Leonie, angeleitet von Tom, einem Zimmermannslehrling, den Allister einen Tag lang für diesen Freundschaftsdienst abgestellt hatte, mit einer geliehenen Elektrosäge in jeweils etwa einen Fuß dicke Abschnitte. Im Schuppen, Larrys ehemaligem Holzlager, hatte sie eine Axt gefunden, die noch brauchbar aussah, hatte den Stiel neu befestigt und, nach ein paar Fehlversuchen, das angerostete Blatt gesäubert und geschärft. Obgleich ihre Hände von nässenden Blasen bedeckt waren und sie die Finger nur noch unter Schmerzen krümmen konnte, war sie sicher, bis zum Herbst genug Brennholz für mindestens einen der milden pazifischen Regenwinter gehackt und den alten Kaminplatz im Wohnzimmer wieder hergerichtet zu haben.

Ursprünglich hatte sie beim Anblick des ebenmäßig gemaserten Nussbaumholzes an Larry gedacht. Der Stamm hatte einen Umfang von fast fünf Fuß, war gerade gewachsen und bis hinauf zur Krone nahezu astlos. Sie hatte mit dem Gedanken gespielt, den Stamm ins Sägewerk zu geben und Larry mit mindestens einem halben Dutzend vierzehn Fuß langer und gut und gern zwanzig Zoll breiter Bretter zu überraschen – was hätte er nicht alles daraus machen können. Sie hatte sogar schon vor der Tür zur Werkstatt gestanden, die Hand zum Anklopfen erhoben. Aber dann stellte sie doch nur das Tablett mit dem Lunch auf die Schwelle und lief, die beiden knarzenden Treppenstufen zum Vorplatz überspringend, hinaus. Larry konnte sich selbst um das Holz kümmern, wenn er Interesse daran hatte. Außerdem wollte er überhaupt nicht mit ihr reden. Zuletzt hatte er sie gebeten, ihm Handtücher, seinen Rasierapparat und ein paar Kleidungsstücke zu bringen.

„Aber warum?“, hatte sie ihn gefragt. „Black hat sich nur erschrocken, genauso wie du. Er ist schon den ganzen Tag über nervös gewesen. Es ist die Unruhe auf dem Grundstück – er mag all diese Fremden nicht. Eigentlich ist er nicht so, das weißt du doch ...“

„Ich weiß nur eins: Wenn du nicht zufällig im Haus gewesen wärst, hätte er mich zerfleischt."
„Ich war aber da."
„Als ob es darum ginge."
„Verflucht noch mal, Larry, worum geht es dann?"
Er hatte sie prüfend gemustert und nach einer Weile traurig den Kopf geschüttelt, als wollte er sagen: „Wenn du das nicht weißt, ist es eben nicht zu ändern".
Aber sie wusste es sehr gut. Larry war eifersüchtig. Er wollte das Abkommen nicht begreifen, das sie mit Black getroffen hatte. Der Hund war einmal im Stich gelassen worden. Man hatte ihn dem Hunger, der Einsamkeit und fremder Willkür ausgesetzt, allenfalls der jenes glücklichen Zufalls, der ihn in den Park geführt hatte, zu ihr. Sie durfte ihm nicht das Gleiche antun. Sein oberflächlicher Biss war nichts anderes gewesen als die Bitte, seine Lage nicht länger zu ignorieren, ein Hilferuf, dem sie gefolgt war, zweifelnd erst und zugleich mit dem Gefühl, sich einer Fährte anzuvertrauen, die vor langer Zeit gelegt worden war, als ihre Mutter sie aus Lutselk'e, dem Dorf am Great Slave Lake, fortgeschickt hatte, zu ihrem Vater in Fort McMurray.
Der sollte sie die Dinge lehren, die sie wissen musste, um einmal ihr Glück in den Städten zu machen. Doch der Vater hatte keinen Platz für die zehnjährige, reichlich ungestüme Leonie gehabt, in seinem Haus lebten bereits die Schwiegereltern, ein Kindermädchen und seine jüngeren Töchter, zwei kleine Mädchen, so blond und golden wie er und seine Frau – seine rechtmäßige Frau –, und daher hielt man es für das Beste, Leonie in die Obhut der Grauen Nonnen zu geben, die in Edmonton eine weithin gerühmte Mädchenschule leiteten.

Was man ihr dort zuallererst beibrachte, war, den singenden Tonfall ihrer Muttersprache aus ihrer englischen Stimme zu verbannen, mit durchgedrücktem Kreuz am Tisch zu sitzen und mit den Händen über der Bettdecke zu schlafen. In jenen Nächten, in dem Schlafsaal mit den fünfzig Bettstellen, die ringsum an den kahlen Wänden aufgereiht standen, fünfzig Betten, in denen die Meute sie in der fadenscheinigen, nie verlässlichen Dunkelheit mit selbst im Schlaf noch gespitzten Ohren und blinzelnden Augen belauerte, bereit, sie beim geringsten Anlass zu verbellen, das aalglatte Fell unter Nachthemden versteckt, die spitzen Zähne in gefrorenem Lächeln gebleckt – in jenen Nächten hatte sie eigentlich schon die Fährte aufgenommen, fort von den schwarzen Hunden, die nie etwas anderes gewesen waren als das tuschelnde, lachende, nimmersatte Rudel der anderen, und durch die dunkel durchträumten Nächte von Jahrzehnten voran in die Klarheit ihrer Morgengänge mit Black. Er musste nicht erst darüber nachdenken, ob er sich an ihre Seite stellen sollte oder nicht. Es gab kein Wenn und Aber, keinen Zweifel, keine Bedingungen, Ausreden oder Beschönigungen.
Larry mochte es getrost lächerlich finden, aber dieser Hund war der erste Freund, den sie in der Stadt gefunden hatte. War der Mann, der seit Neuestem mit dem Ohr an seiner Tür abwartete, dass ihre Schritte sich entfernten, bis er verstohlen aufschloss und die Teller mit den von ihr zubereiteten Speisen so ungesehen anzunehmen beliebte wie ein Götze die Opfergaben der um sein Erscheinen betrogenen Gläubigen, war das derselbe, mit dem sie acht Jahre lang unter einem Dach gelebt hatte? Er hatte es nie gern zum offenen Streit kommen lassen, und mehr als einmal hatte sie den Stich heimlicher Verachtung gefühlt, wenn er hitzigeren

Freunden gegen seine Überzeugung lächelnd recht gab. Aber jetzt erkannte sie ihn kaum wieder in der versteinerten Miene, mit der er an ihr vorbei blickte, wenn sie zwischen den Maschendrahthecken und Bauschutthügeln ihres früheren Gartens aufeinander trafen. Offenbar hatte er vor, sie mit Schweigen zu strafen, bis sie tat, was er verlangte, Black davonjagte oder ihn, was dem unbekannten, scharf und unauslöschlich nach Angstschweiß riechenden alten Mann in der Werkstatt sicher noch lieber gewesen wäre, ohne weitere Umstände töten ließ. Doch sie würde sich nicht von Black trennen, nur weil es Schwierigkeiten gab.

Und gewisse Schwierigkeiten gab es. Aufs Grundstück konnte sie den Hund nicht mehr lassen, nicht so sehr der Leute wegen, die dort hin und her rannten, mit Zementsäcken und Stahlrohren um sich warfen und einander Grobheiten zuschrien, sondern um seiner selbst willen. Zwischen den Scherben unzähliger Bierflaschen schlängelte sich ein Gewirr aus Drähten und endlosen Kabeln über die aufgeworfene Erde, und über eine Fläche von fünfzehn Fuß im Quadrat und fünfmal tiefer gähnte der Schacht, in den Anfang September der graue Obelisk des Brückenträgers gesenkt werden sollte, wohingegen von oben, aus einem sich Tag um Tag weiter verfinsternden Himmel aus Metall und Beton, glühende Funken auf den mit mehligem Staub bedeckten Grund herabregneten.

Während so die Brücke über 4th und 6th Avenue sowie den Park hinweg zur Queen Street strebte, wurden die Gänge mit Black ein zunehmend trübseliges Unterfangen. Der Hund mochte die Veränderungen genauso wenig wie sie und trottete lustlos neben ihr her. Zwar würden nicht alle Gebäude hier abgerissen werden, das *Tipperary*, ein dreistöckiges Appartementhaus, und das kleine *Crown*-Hotel würden bleiben, außerdem die bescheidenen Wohnhäuser an der dem Park gegenüberliegenden Seite der Peel Street. Insgesamt aber bot die Gegend einen trostlosen Anblick. Einige der verlassenen Häuser standen noch, anderen fehlte die Vorderfront, sodass man in die Zimmer blickte wie in ramponierte Puppenstuben. Wieder andere glichen ungefügen, schwelenden Scheiterhaufen aus Dachsparren, Wandpaneelen und Unrat.

Leonie ging aber auch nicht mehr gern durch den Park am ehemaligen Gelände des Tennisclubs vorbei. Der Anblick der nach einem regnerischen August von Nesseln und Löwenzahn okkupierten Sandplätze löste keine sentimentalen Regungen bei ihr aus, es kümmerte sie nicht, dass man sie unter dem Vorwand, sie habe es jetzt praktisch näher zu dem Verein in Burnaby, nicht zur Einweihung des neuen Clubhauses am Westufer des Fraser River geladen hatte. Der Sommer war noch nicht vorbei, und schon verblassten ihr die Gesichter der Cramers, Withakers, Millers, Abbots und wie die grußlos entschwundenen Sportsfreunde und Nachbarn alle geheißen hatten. Nur Anne hatte noch einmal angerufen, unter dem Vorwand, ihre neue Adresse mitzuteilen, doch sollte es sich dabei um ein Friedensangebot gehandelt haben, ging Leonie nicht darauf ein. Sie vermisste nichts und niemanden, am wenigsten die belanglosen Treffen im Tennisclub. Aber ihr gefielen die Gestalten nicht, die nun in der aufgegebenen Lounge ein und aus gingen, Männer in speckigen Lederjacken oder langen Mänteln, deren Züge sich hinter ungepflegten Bärten und unter Schichten von Schweiß und Schmutz verbargen, Gelegenheitsarbeiter und Rowdies aus der schärfer bewachten Gegend um den Containerhafen, die es hier angespült hatte, und auch Black reagierte gereizt, sobald er die Kerle nur witterte.

Am Abend des fünften September konnte sie schon von weitem die Stimmen der Zusammengerotteten durch den von wenigen Laternen nur schwach erleuchteten Park hallen hören. Sie wandte sich, den angeleinten Black strikt bei Fuß haltend und in großem Bogen den Clubeingang umgehend, nach Osten und wollte gerade in die Peel Street abbiegen, als sie unter dem hässlichen Gelächter der Männer einen anderen Laut vernahm, ein hohes, angst- oder schmerzerfülltes Aufheulen, so jammervoll wie das eines Hundes. Als folge sie dem Zug unsichtbarer Fäden, machte Leonie kehrt und lief durch die kaltfeuchten Gräser, die vor nicht langer Zeit eine Rasenfläche gewesen waren, auf den Tennisclub zu. Da. Da war es wieder, höher noch, durchdringender – aber das konnte eine Täuschung sein, hervorgerufen von ihren eigenen Nerven, die im anschwellenden Winseln mitvibrierten wie eine überspannte Gitarrensaite. Black empfand offenbar das Gleiche und zerrte voran, dass ihr die Leine in die Finger schnitt.
„He! Ihr!"
Die Angerufenen reagierten nicht, doch zwischen den Beinen der im Kreis stehenden und auf etwas eintretenden Männer nahm Leonie jetzt eine Bewegung wahr. Etwas lag dort auf dem Boden, ein Kleiderbündel, nein, jemand, nicht auszumachen ob Mann oder Frau, wand sich zu Füßen der Umstehenden im Sand. Black begann zu bellen, mit heiserer, sich überschlagender Stimme zu bellen.
„Ihr da!", schrie Leonie, und jetzt drehte sich einer der Schläger um, löste sich aus dem verschatteten Klumpen seiner noch immer grölenden Kumpane und kam wiegenden Schrittes auf sie zu: „Na, was ist – willst du auch was?", und zu den anderen hinüber lachend: „Leute, ich glaube, hier will eine was von uns!"

„Soll sie haben! Soll kriegen, was sie will", johlte ein anderer, kleinerer Kerl zurück und gab, indem er aus dem Schatten trat, an die Seite des Ersten, den Blick auf den Mann – doch ein Mann, wie Leonie jetzt sah – am Boden frei. Nun, da die Aufmerksamkeit seiner Peiniger von ihm abgelenkt war, lag er still, greinte aber hinter den schützend vors Gesicht gehaltenen Händen umso lauter weiter. Es stank nach Schnaps, menschlichen Ausdünstungen und Erbrochenem.

„Da hörst du's", kicherte der Größere. „Zu dir kommen wir gleich, du ..."

Es war höchste Zeit, den Rückzug anzutreten, doch sie konnte nicht gehen, auch die Augen nicht abwenden, als fixiere die beschämende Katatonie der Hilflosigkeit sogar ihren Blick. Sie hörte das Schmerzgeräusch des Geschlagenen, das rohe Lachen der Männer, Blacks atemloses Japsen, sie fühlte die um ihre Hand gewickelte Leine und Blacks Gewicht, sein gewaltiges Gewicht, das sich mit ihrem Arm verband, die letzte Spannung des Arms, der Leine, des japsend dagegen anspringenden Körpers am Ende der Leine fühlte sie, keine Furcht vor dem grinsenden Mann, der noch einen Schritt auf sie zu tat, einen letzten wiegenden Schritt, bevor die Einheit aus Arm, Leine, anspringendem Körper zerriss und Black losflog, ein schwarzer Pfeil, der sich selbst durch die Nacht schoss, in den Bannkreis des Laternenscheins, der den Mann festhielt, noch immer grinsend, verständnislos, fassungslos, als er Blacks Zähne fühlte, das Reißen seines Fleischs irgendwo zwischen Halsbeuge und Wange fühlte, bevor er Leonies Schrei hörte, ihren vergeblich befehlenden Ruf, der sich in seinem halbtauben blutenden Ohr mit Blacks Atemstößen mischte, dem Geräusch der wieder und abermals an seinem brennenden, ertaubenden Gesicht reißenden Zähne, bevor er sich auf den Bauch rollte, das Reißen nunmehr im Nacken, in der Schulter, bevor er das Sirren der Leine hörte, den peitschenden Hieb, den Leonies Arm vollführte, einen weiten, aus diesem Arm hervorschnellenden Bogen, der in Blacks Fell, in seinen Rücken einschlug wie ein lederner Blitz.

Wie viele Männer es eigentlich waren, drei oder vier, ob die gleich flohen, als Black ihren Wortführer angriff, wie schwer dieser verletzt war, ob er noch gehen konnte – auf jede von Larrys tastenden Fragen hatte Leonie eine Stunde später nur dieselbe Antwort.

Larry hatte ihr sofort geöffnet, als er sie auf den Stufen zur Werkstatt kauern sah. Von der Lampe auf seinem Arbeitstisch her tanzten Lichtreflexe über die Gläser seiner Drahtbrille. Lediglich jenes nervöse Blinzeln, das Leonie so gut kannte, deutete auf das innere Gewitter, das er hinter dem ruhigen Ernst, mit dem er ihr einen Hocker hinschob und ein Glas Wasser brachte, ansonsten recht gut verbarg.

Fest stand, dass niemand eingegriffen hatte, bis sie den rasenden Hund endlich kraft eines Automatismus, von dem sie ebenfalls nichts mehr wusste noch je etwas geahnt hatte, von seinem Opfer fort zog und unter Kontrolle zu bekommen versuchte, und dass der Gebissene stark geblutet hatte, besonders aus seinen Gesichtswunden. Sie hatte ihm nicht nahe kommen wollen und war, als er auf ihre Zurufe nicht reagierte, den immer noch kaum zu beruhigenden Black hinter sich herziehend zur Telefonzelle Queen- Ecke Peel Street gelaufen, um die 911 zu wählen. Als sie nach dem kurzen Telefonat noch einmal zum Tennisplatz hinüberspähte, sah sie dort niemanden mehr liegen, auch nicht den Mann, der zuvor von der Meute verprügelt worden war.

Vielleicht hatte der am Vorabend seinerseits auf einen anderen eingedroschen, oder sie waren sogar Kameraden, der Schläger und der Geschlagene, und lagen jetzt beide bewusstlos in einem Winkel des nächtlichen Vereinsheims. Natürlich hätte sie auf die Ambulanz warten und die Verantwortung übernehmen sollen, und sie hätte es getan, normalerweise, unter anderen Vorzeichen. Doch was sie jetzt tatsächlich quälte, war nicht das aufgerissene Gesicht dieses Mannes, sondern Blacks, sein ungläubiger, verletzter Ausdruck, als sie ihn schlug. Nachdem sie ihm im Haus die Leine abgenommen hatte, war er ihrer sich versöhnlich nach ihm ausstreckenden Hand ausgewichen und ins Schlafzimmer gelaufen. Sie konnte es ihm nicht verdenken. Sie hätte sich und ihn nie in eine solche Situation bringen dürfen. Dennoch hatte sie es getan, weil sie sich stark gefühlt hatte, bewaffnet mit seiner Stärke, und als er losging wie eine Waffe, hatte sie ihn dafür bestraft. Sie hatte ihn enttäuscht.

Larry machte ihr keine Vorhaltungen. Hätte Leonie ihn nicht gekannt, sie hätte die hängenden Schultern ihres Mannes, seine im Schoß lose gefalteten Hände, seinen schräg gelegten Kopf, seinen auf dem mit allerlei Papierzeug, Bleistiften, Schnitzmessern, Furnierproben und Pizzaschachteln überhäuften Arbeitstisch sich verlierenden Blick für Indizien von Zerstreutheit halten können.

„Ich hätte ihn nicht schlagen sollen." Leonie sah von ihren schmutzigen Händen auf und suchte Larrys Augen. „Schließlich war es meine Schuld."

„Was hättest du denn tun sollen? Zusehen, wie dein Hund einen Menschen umbringt?"

„Ein Sadist war das, Abschaum, nichts weiter. Wäre Black nicht bei mir gewesen –"

„Glaubst du das immer noch? Denkst du wirklich, dieser Hund zerbeißt einem Mann das Gesicht, weil er dich beschützen will?"
„Aber das hat er getan, immer hat er sich vor mich gestellt."
„Er schützt dich nicht, er stellt sich zwischen dich und andere. Sogar zwischen uns."
„Nein, nicht", wehrte sie ab. Wenn Larry sie jetzt berührte, würde sie in Tränen ausbrechen.
„Leonie", sagte er, als läge das, was er zu sagen hatte, in dieser Buchstabenfolge. Kränkung, Kummer, Hoffnung, Trost: „Leonie ..."
Bella Pizza, las sie auf den Schachteln. Es musste Wochen her sein, seit sie ihm zuletzt eine Mahlzeit gebracht hatte. Allerdings hatte sie selbst in dieser Zeit kaum etwas anderes als Gemüsebrühe, Haferflocken und Magermilch zu sich genommen, manchmal auch etwas von der rohen Kalbsleber, die Black mittlerweile jedem anderen Fleisch vorzog. Wie es schien, lebte sie inzwischen von der Kost ihres Hundes.
„Komm doch mit. Komm wieder ins Haus."
„Noch nicht."
Leonie atmete scharf ein: „Noch nicht? Soll das ein Ultimatum werden – du oder er?"
„Vor so eine alberne Wahl würde ich dich nie stellen."
„Aber zurück willst du auch nicht! Willst lieber hier hausen, hier schlafen, auf diesem Nagelbett von Matratze! Wie lange soll das noch so gehen?"
Das Funkeln der Brillengläser erlosch, Larry senkte den Kopf.
„Vor irgendeiner Wahl stehe ich scheinbar doch ... Sag's mir", bat sie schließlich leise.

Er zuckte die Schultern, einen Abglanz seines alten Wiedererkennenslächelns auf den Lippen: „Ich würde sagen, er oder du."
Als Leonie ins Haus kam, fand sie Black auf dem Bett vor. Im Halbdunkel bildete sein Körper mit den gestreckten Beinen eine reglose Diagonale zwischen dem an ihrem Fußende zusammengerollten Plaid und dem Kopfkissen auf seiner Seite der Matratze. Er schlief nicht, vielmehr schien er den wochenlang friedlich geteilten Platz, überhaupt das Schlafzimmer heute ganz für sich zu beanspruchen. Das Nackenfell gesträubt, wich er ihrer Hand wiederum aus und war nicht zu bewegen, beiseite zu rücken, als sie sich auf der Bettkante niederlassen wollte. So richtete sie sich auf dem Sofa im Wohnzimmer ein und döste unruhig dem Tagesanbruch entgegen.
Sie dachte an Larrys wehmütiges, von mehr als einer schlaflosen Nacht erschöpftes Gesicht, seine tief in den Höhlen liegenden Augen, die Zerbrechlichkeit seiner bleichen, blau geäderten Unterarme. Er war abgemagert in den letzten Wochen. Und wie er selbst war auch die Werkstatt schon gezeichnet von Entmutigung und müdem Ausharren, aber die Räume und die Dinge darin waren doch noch belebt, beatmet von seiner Arbeit, seiner langmütigen Gegenwart. Vorhin war es dort wärmer, heimischer gewesen als hier. Als habe sie nach langem Zaudern eine Fehlsichtigkeit zugeben und sich eine Brille anpassen lassen müssen, schien ihr plötzlich das Haus ohne Larry ebenso unwirtlich geworden zu sein wie der Garten seit Ausbruch der Bauarbeiten. Der abgestandene Geruch nach saurer Milch und verbrauchter Luft, die achtlos abgestellten, von ihren immergleichen frugalen Mahlzeiten zeugenden Teller, die umherliegenden Kleidungsstücke, die im Flur angehäuften

Frotteetücher, leeren Wasserflaschen und neben der Tür abgestellten Müllbeutel, die von einem gelangweilten Black zerfetzten Zeitungen überall, die Teppiche, die allmählich Ähnlichkeit mit den Fellen der schwarzen, zottigen Ungeheuer aus den Märchen angenommen hatten, die man ihr wer weiß wo oder wann erzählt hatte, das alles sprach eine deutlichere Sprache, als Larry es in der ihm eigenen vorsichtigen Art vermochte.

Und auch Black war sie nicht gerecht geworden, nicht erst seit gestern Abend. Anstatt wie früher mit ihm in den Wald zu fahren, hatte sie ihn im Haus allein gelassen. Ihr August schien im Holzschuppen dahingegangen zu sein, und dorthin hatte sie den von Baulärm und unverständlicher Betriebsamkeit irritierten Hund nicht mitnehmen wollen. Sie war besessen gewesen von der idiotischen Idee, genug Kaminholz für den Winter haben zu müssen – als hätte sie sich jemals vor dem Kamin sitzen sehen, als gäbe es überhaupt einen richtigen Kamin, nicht bloß das in einen von Ratten verdreckten Schornstein mündende Ofenloch, das Larry schon vor ihrer Zeit mit einer Plastikfolie abgedeckt hatte und in dem es an windigen Tagen raschelte. Nein, es würde keine Kaminabende geben. Trotzdem hatte sie sich im Holzschuppen müde gearbeitet, hackend, spaltend, allein. Das Haus, so sah es an diesem nebligen Septembermorgen aus, war wohl zu leer gewesen. Zuerst mit Larry und ihr darin, dann ohne sie beide.

Zermürbt raffte sich Leonie gegen sieben Uhr auf. Das übliche Getöse auf der Baustelle wurde heute von einem metallischen Kreischen ins beinahe Unerträgliche verstärkt, doch der Frühnebel vor dem Wohnzimmerfenster war zu dicht, um die Quelle dieser neuen Klangkomponente zu erkennen. Es klang wie unten am Fraser River, im Frachthafen, nach knapp aneinander vorbei schrappenden, unter dem Druck gegensteuernder Ruder aufstöhnenden Schiffsrümpfen.

Sie ging ins Bad und putzte sich die Zähne. Die Frau im Spiegel hatte erstaunlich große Zähne. Und weiße Strähnen im zu langen Haar. Was hatte Larry gesagt, als er sie gestern Nacht zum Abschied an sich zog? Sieh dich doch an.

Sie zog sich eine zu weite Trainingshose sowie ein frisches Sweatshirt über, das sich im Wäschetrockner anfand, und schob die angelehnte Tür zum Schlafzimmer auf. Black lag noch immer auf dem Bett, diesmal auf der Seite und tief atmend. Offenbar hatte auch er nicht viel Nachtschlaf gehabt, es war längst Zeit für seine Morgenrunde. Er kam erst in die Küche, als sie mit dem Schöpflöffel einladend gegen seinen Edelstahlnapf klapperte.

Etwas stimmte nicht mit ihm. Er bewegte sich merkwürdig steif auf seinen hohen Beinen, gebeugten, aber vorgeschobenen Kopfes. Statt sie anzusehen, starrte er auf einen Punkt neben oder hinter ihren Knien.

„Ah, schau, was ich für dich habe", sagte sie schmeichlerisch und bückte sich, den Napf mit der frischen Leber in der Rechten, mit der Linken spielerisch nach seinem Ohr langend. Als sie ihn knurren hörte, war es schon geschehen. Bevor sie den Napf abstellen und die Hand zurückziehen konnte, spritzten Leberstückchen, Haferflocken, Milch auf die Fliesen, der Napf kullerte hinter die Tür, wo er mit einem singenden Kreiselton zum Liegen kam.

Sich langsam aufrichten. Nicht den Arm erheben. Keine abrupte Bewegung jetzt. Kein lautes Wort, kein Tasten nach der Wunde. Es ohnehin spüren. Keinen Schmerz diesmal, noch nicht, nur mehr warmes Rieseln. Langsam

an ihm vorbei. Irgendeinen Unsinn murmeln, beruhigen, sein Weiterdrohen ignorieren. Ihm nicht den Rücken zuwenden. Aber ihn auch nicht direkt ansehen. Nicht die aufgestellten schwarzen Grannen, die vom Nacken abwärts bis zur eingeklemmten Rute das gesamte Rückgrat in eine Bürste verwandeln, nicht die blutunterlaufenen, hassblinden Augen. Mit nicht zu eiligen Schritten durch den Flur. Mit ruhiger Hand aufschließen, die Haustür nicht zu weit öffnen, sich hinausschieben.
Hinaus ins Freie, unter die Nebelglocke, die der gigantische graue Klöppel des Brückenpfeilers zum Hallen bringt, gerührt von den Eisenkrallen der Kräne, bis er sich einpendelt über dem vorgesehenen Punkt, knirschend hinuntergelassen wird und Halt findet, unten auf dem Grund des Schachts und mit Stahltauen an den Himmel gezurrt.
Ohne auf die Warnrufe der Bauleute zu achten, lief sie mit langen Schritten durch den Nebel wirbelnden Staubs auf die Werkstatt zu, aus der Larry ihr schon entgegenkam.
„Er hat doch nicht wieder –"
„Doch."
„Wann – wie?"
„Als ich ihn füttern wollte."
Larry sah nervös um sich, als fürchtete er, ungeachtet des nicht nachlassenden Betongedonners könnte jemand ihr Gespräch belauschen, und drängte Leonie vor sich her in die Werkstatt.
„Hast du schon in die Zeitung gesehen?"
„Nein, wieso?"
Die Notiz auf der Lokalseite war zehn Zeilen kurz: Gestern am späten Abend war an der Columbia Street ein vierunddreißigjähriger Mann mit schweren Bisswunden in Gesicht und Hals von Passanten aufgefunden und ins

Royal Columbian Hospital gebracht worden. Gesucht werde ein größerer Hund, vermutlich ein Schäferhund, beziehungsweise der oder die Halter des Hundes. Die Polizei bitte um Hinweise.
„Du hast Glück“ – Larry befestigte den Verband um Leonies rechte Hand mit einer Metallklemme – „dass dieser Kerl sich noch bis hinunter zur Columbia geschleppt hat.“
„Ich glaube nicht, dass er große Lust auf Unterhaltungen mit der Polizei hat.“
„Oder er ist noch bewusstlos. In jedem Fall ist es nur eine Frage der Zeit, bis man uns einen Besuch abstattet. Von unseren Bekannten ist ja kaum noch jemand hier, aber sogar die Leute aus dem *Tipperary* könnten nach dieser Meldung auf Black kommen.“
„Black ist nicht der einzige größere Hund in der Gegend.“
„Aber der auffälligste. Denk an die Kleine, damals vorm Supermarkt. Wenn sonst keiner an Black denkt, ihre Mutter bestimmt – vorausgesetzt, sie liest Zeitung.“
Unwillkürlich rückte Leonie von ihm ab.
„Falls du mir mal wieder vorschlagen willst, ihn töten zu lassen –“
„Es ist deine Entscheidung, wenigstens im Moment noch. Aber irgendetwas muss geschehen. Nicht bloß wegen *dieser* Sache.“
Ein Zittern lief durch den Raum und ließ die Werkzeuge an den Holzwänden aneinander klimpern. Die noch unbearbeiteten Bohlen auf der Werkbank erbebten, schwangen auf und mit einer Tonfolge jenseits der Bassoktave zurück, ein ungeschlachtes Xylophon, dessen Klang in Leonies Herz drang, sich mit seinem Schlag verband, ihn verlangsamte und einmal, zweimal aussetzen ließ.
„Es ist Zeit, Leonie. Zeit für einen Abschied.“

Draußen war es still wie seit Monaten nicht. Am milchigen Kunststofffenster über dem Schreibtisch summte eine Fliege.

Larry hatte nur die Fakten ausgesprochen. Wenn man Black eines weiteren Übergriffs beschuldigte – und das war unausweichlich, früher oder später –, würde es keine Begnadigung geben. Man würde ihn ihr wegnehmen, und diesmal würde man keine vierundzwanzig Stunden mehr warten, sondern ihn sofort ausmerzen.

Leonie sah hinaus. Der Pfeiler stand.

In ihr formte sich ein ebenso schwerer wie einfacher Gedanke. Kein guter. Es war das, was sie nie gewollt hatte, aber besser als alles, was ihr sonst einfiel. Das Beste, was sie tun konnte.

„Lass mich", flüsterte sie. „Lass mich es tun."

Im Schuppen war es so warm, dass Leonie nach den ersten Axthieben ihren Pullover auszog. Der Oktober versprach spätsommerlich schön zu werden, tagelang hatte die Sonne auf dem Dach gelegen, und von den goldgelben Spänen rund um den Hackklotz stieg ein Duft nach Borke, Pilz und Grün auf. Leonie hatte diesen Waldgeruch immer geliebt, er rief Erinnerungen in ihr wach, die eigentlich nicht zu ihr gehören konnten, Bilder aus einer Kindheit, die sie weder in Lutselk'e noch in Edmonton erlebt hatte und die ihr dennoch klarer vor Augen standen als die herbere Landschaft am Great Slave Lake oder die Klassenzimmer und Schlafsäle des Internats.

Sie legte die Axt beiseite und rieb sich mit dem Pullover Gesicht und Unterarme trocken. Noch zwei, drei Nachmittage im Schuppen, und der Nussbaum wäre in Scheite verwandelt, künftiges Feuer. An zwei Wochenenden hatte

Tom, seit Neuestem ausgelernter Zimmermann, eine kleine, luftigere Lagerhütte an den Schuppen angebaut, in der das geschichtete Holz trocknen sollte. Larry hatte den Schornstein gesäubert und den Ofensetzer bestellt. Es würde einen Kamin geben, im November schon, auch wenn ihr Holz in diesem Winter noch nicht trocken genug sein würde und sie sich mit dem schneller niederbrennenden Fallholz begnügen mussten. Gute Feuerscheite brauchten ihre Zeit, wie alle Veränderungen und die Gewöhnung daran.
Es gab vieles, an das Larry und sie sich gewöhnen mussten. An die graue Gegenwart des Pfeilers, unter dessen nachmittäglicher Schattenbrücke die Werkstatt nun lag, an den noch unbegrünten Zaun und die bescheideneren Maße des Grundstücks, an die umgegrabenen und ein Stück weiter westlich neu anzulegenden Kürbis- und Gurkenbeete. Im Frühjahr würden sie sich an das an- und abschwellende Rauschen vom Highway her gewöhnen müssen, und an die Leute, die dann bald in die sechsstöckigen Neubauten am Queenspark einziehen würden, kinderreiche Familien, wie Leonie annahm, denn der Tennisplatz war planiert und hälftig zu einem Basketballfeld und einem Spielplatz umfunktioniert worden. Nicht jede Veränderung bedeutete einen Verlust, an manches mochte man sich leicht gewöhnen, leichter sogar als Larry und sie sich miteinander vertraut machten, seit Black nicht mehr da war. Aber Augenblicke, in denen es einem kalt wurde, würde es immer geben. Dann setzte man sich vor den Kamin.
Leonies Blick fiel auf die Leine und den Wassernapf, Utensilien, die sie am Abend des sechsten September in den Schuppen geworfen hatte. Vier Wochen waren seitdem vergangen, und auch jetzt noch konnte sie den Waldduft hier nicht atmen, ohne sich an den Platz versetzt zu fühlen,

an dem sie Black zurückgelassen hatte, betäubt mit dem Sedativum, das ihr die junge Tierpflegerin im Mai für ihn mitgegeben hatte. Sie hatte ihm eine kräftige Dosis davon unter eine weitere Portion Leber und Flocken gemischt und abgewartet. Diesmal hatte sie das Futter bei geschlossener Küchentür zubereitet und den Napf auf den Boden gestellt, bevor sie Black einließ. Doch sie hatte keine Angst mehr vor ihm, der Schrecken vom Morgen war einer Traurigkeit gewichen, die allenfalls mit der vergleichbar war, die sie in den ersten Monaten in Edmonton begleitet hatte, als sie lernte, ihren Heimatdialekt Laut für Laut zu vergessen. Seine Lieblingsmahlzeit war das einzige, das sie Black noch anzubieten hatte, sonst gab es keine Sprache zwischen ihnen, in der sie um sein Verständnis werben, keine, in der sie ihn verstehen oder er sie das blutüberströmte Gesicht jenes Mannes vergessen machen konnte.

Larry hatte ihr geholfen, den Hund ins Auto zu heben. Schlafend schien Black beinahe so viel wie Leonie selbst zu wiegen, und sie hatte Zweifel, ob sie ihn ohne Hilfe weit genug in den Wald würde schleppen können. Trotzdem war sie allein gefahren. Über einen Pfad für Forstfahrzeuge hatte sie den Wagen bis nahe an die Stelle holpern lassen, die Black und ihr am liebsten gewesen war, und hatte ihn auf ihren Armen hundert Yards weit auf die Lichtung getragen. Es blieb nicht mehr viel Zeit, bis er aufwachen würde, dennoch ließ sie sich bei ihm nieder und legte den Kopf an seine sanft atmende Flanke.

Er würde den Platz erkennen, würde sich zurechtfinden, hinunter in die Wohngegenden der North Shore. Dort würde er abermals eine Fremde auswählen und für sich gewinnen, eine, die sich besser auf seinesgleichen verstand und wusste, wie weit der Abstand zwischen ihr und ihm war und bleiben musste und wie man Enttäuschungen von vornherein verunmöglichte. Er würde durchkommen. Er war sehr stark und Jäger genug, um zu überleben, bis er wieder einen Unterschlupf fand. Denn tatsächlich benötigte er nicht mehr als das: Schutz vor Regen und Kälte, die tägliche Nahrung, und manchmal brauchte er womöglich Gesellschaft, Ansprache, eine Zärtlichkeit. Aber etwas in ihm blieb von alledem unberührt, gleich fern im Guten und im Bösen. Sie hatte es ihm angesehen, auch hier auf der Lichtung, wenn er ins Dickicht sah, halbgeschlossenen Auges, doch wachsam, ewig bereit aufzuspringen, loszuhetzen, sich den Dingen an die Fersen zu heften, ihrem Schweif aus Witterungen, Echos, plötzlicher Verdunkelung. In solchen Minuten hatte er die neben ihm Sitzende vergessen, so vollständig wie er sie nun bald unwiderruflich vergessen haben würde, und damit würde es gut sein. Das hatte sich Leonie jeden Tag gesagt, sich daran erinnert, sooft es sein musste, vor allem am Abend. Ein paar Male, so entsann sie sich, indem sie nun die Axt wieder aufnahm, den Stiel fester umschließend als zuvor, ein paar Male hatte sie von ihm geträumt. Aber es bedurfte keines Traums, um zu wissen, dass ihre Litanei bloß ein Pfeifen im Walde war, Fahrstuhlmusik, mit der sie das kitzelnde Sturzgefühl in ihrem Bauch übertönte, das durch keine Vernunft zu widerlegende Gefühl, dass der Hund sie keineswegs vergessen hatte, dass es nicht eher gut war, bis er den Weg gefunden hatte, zurück hierher.

Eben das Gefühl, mit dem sie jetzt die Axt ergriff, hinter sich lauschend, hin zur angelehnten Tür, blicklos in den durchsonnten Nachmittagsdämmer des Schuppens starrend.

Sie wusste, er war so mager wie damals im Park, abgesehen von ein paar Ratten und den Essensresten aus den

Mülltonnen am Rand der Straßen, die ihm eine einzige waren, hatte er kaum etwas in den Magen bekommen. Er hatte keine Zeit gehabt, er hatte sie finden müssen.

Seine Kraft reichte durchaus noch für den entscheidenden Satz, einen, der weit genug war, sie zu Boden zu werfen, auf den Rücken oder vornüber, ihren Oberkörper mit einer Wucht auf den Hackklotz prallen zu lassen, dass es ihr den Atem nahm. Wenn ihm das gelang, war sie verloren. Doch dieser Satz wollte genau kalkuliert sein, bis auf den Punkt, an dem seine Augenzähne sich in ihre Halsschlagader bohren würden, präzise bemessen. Nur deshalb zögerte er noch.

Vier Sekunden, fünf, sechs, ein Strom an Zeit, Zeit für ihre Finger, den hölzernen Stiel zu packen, für die Muskeln in ihren Armen und Schultern, die Axt emporzutreiben in den staubig-golden flimmernden Raum über ihrem Kopf, für die Sehnen in ihrem linken Bein, zur Drehung anzusetzen und die runde, fast tänzerische Bewegung zu vollenden, in eben dem Moment, da er über sie kommt, heranfliegend, wie liegend in der, auf der Luft, als spielte er noch einmal mit ihr, Lauf gegen Arm, Pfote gegen Hand, Fell gegen Haut, Knochen gegen Holz, gegen Eisen, Auge in Auge.

Seine Stirn traf auf die flache Seite des Axtblattes.

Sein Schmerzenslaut erstarb, bevor sein Körper auf dem Boden aufschlug, möglich, dass sie sich dieses kurze, fistelnde Aufjaulen auch nur eingebildet hatte. Blut sah sie keines. So wie er da lag, einen Lauf wie im Ausgreifen geschmeidig gebogen, den anderen gestreckt, hätte sie glauben können, er schlafe.

Die Axt wurde ihr schwer in der verkrampften Faust, und sie legte sie sorgsam zurück auf den Hackklotz.

Die Stunde der halben Wahrheit

I´m a burning effigy
Of everything I used to be
Robbie Williams *Let me entertain you*

„Ist die Ahrenberg noch auf der Bühne?", fragte Roth, als er sich zu Lore vorgekämpft hatte.
Aus dem Saal drängte ein letztes Grüppchen festlich parfümierter alter Damen durch die samtbeschlagenen Türen, im Foyer bemühte sich eine Dutzendschaft Polizisten, Ruhe in die Knäuel sich gegenseitig blockierender Premierenbesucher zu bringen, während weitere Beamte die Treppen und die Eingänge zu den Logen sicherten.
„Du bist nicht auf dem Laufenden. Ahrenberg war mal, jetzt heißt sie Manati. Wir haben ihren Mann inzwischen auch endlich erreicht – irgendwo überm Atlantik. Ansonsten alles unverändert seit meinem Anruf. Die Panik im Saal scheint zum Glück glimpflich verlaufen zu sein, bis auf einige Prellungen und ein paar gelockerte Zähne."
„Die Presse wird sich trotzdem darauf stürzen. Ich bin kaum an den Ü-Wagen vorbeigekommen."
„Es hat sowieso schon von Pressemenschen gewimmelt bei der Premiere, und so eine Geiselnahme als Schlussakt – das ist für die einfach das bessere Theater."
„Was ist mit diesem – wie heißt er noch?"
„Lobenthal. Zumindest hat er keine Schussverletzung. Aber es sieht so aus, als ob er hyperventiliert, möglicherweise hat er's auch mit dem Herzen. Vor zehn Minuten hat die Manati ihm eine Tablette unter die Zunge geschoben. Besser wär's, der Arzt könnte ihn sich ansehen, aber sie will

nur dich auf die Bühne lassen. Ein Beleuchter, den sie vom Sehen kennt, durfte ein Glas Wasser für Lobenthal und einen Stuhl für Madame bringen, das war alles. Ach, und Wieland ist inzwischen eingetroffen, mit einem Psychologen, einem Professor Lennertz. Der hat schon mit ihr gesprochen. Aber nur kurz. Sie hat ihn weggeschickt."
„Wo ist Wieland?"
„In der Mittelloge, zusammen mit dem Professor und dem Einsatzleiter. Es ist Schmauch, da haben wir also Glück. Er ist sogar ruhig geblieben, als Wieland ihm mit einer Klageflut gegen jeden einzelnen Beamten drohte, der den Saal ohne Anordnung des Generalstaatsanwalts betritt."
„Der wird offenbar langsam alt. Früher hätte er die Zuständigkeiten beachtet und gleich dir die Hölle heiß gemacht, nicht Schmauch."
„Oder meine Nase ist ihm nicht alt genug."
Mit neununddreißig Jahren war Lore zur jüngsten Hauptkommissarin der städtischen Polizeigeschichte aufgestiegen, nebenbei auch zur ersten, und sie hätte sich lieber als Rassistin beschimpfen lassen, als das Problem, das manche mit ihrer Weisungsbefugnis hatten, anders als mit ihrem Alter zu erklären.
Roth presste das Kreuz ans Geländer des Logenaufgangs, um drei Männer in der Kluft des Einsatzteams passieren zu lassen. „Schön, die Manati thront also auf der Bühne und alles tanzt nach ihrer Pfeife – ganz wie im richtigen Leben, was?"
„Das Team wartet auf grünes Licht von Schmauch, und Schmauch wartet auf dich. Die Kulisse ist komplett hinüber, kann sein, dass sie ihr Feuerwerk schon abgebrannt hat, aber weder Schmauch noch ich wollen darauf wetten. Wieland meint übrigens, es muss eine Luger sein, eine andere Waffe

besäße sie nicht. Angeblich ein Geschenk ihres Vaters – pikant, oder?"
„Gibt es schon irgendwelche Anhaltspunkte zu den Hintergründen?"
„Kaum. Wir befragen noch das Ensemble. Nach der Generalprobe soll es zu einem Streit gekommen sein. Worüber ist bislang unklar. Es heißt, dass sie und Lobenthal mal was miteinander gehabt haben sollen. Vor ein paar Tagen wurde das in einem Artikel über die bevorstehende Premiere erwähnt – ich hab dir den Link gemailt."
Roth erinnerte sich an den reich bebilderten Bericht in der Online-Ausgabe irgendeines Glamourblattes. Angeblich ging es in dem Stück um die Ermordung Ludwig Dinkerts, und die bloße Ankündigung der Premiere hatte offenbar einiges Aufsehen erregt. Auch in diesem Bericht war Dinkert wieder einmal nichts weiter als ein erfolgreicher Unternehmer, Hauptaktionär der Dinkert-Werke, Mitinhaber von Reedereien an der afrikanischen Westküste und Textilfabriken in Mumbai, Anteilseigner europäischer Pharmafirmen und russischer Ölgesellschaften. Kein Wort über die undurchsichtigen Transaktionen zwischen Labors jenseits des Urals, Munitionsfabriken in China und Uranlagerstätten im Kongo, stattdessen Hymnen auf den großzügigen Förderer der Künste und natürlich Mitgefühl für das Opfer nigerianischer Piraten. Nun, da man Dinkert schon einmal zum Märtyrer hochgeschrieben hatte, war er also auch noch zum Helden eines Theaterstücks mutiert. Roth hatte den besagten Artikel rasch zu vergessen versucht, der seine einzige, reichlich abgeschmackte Würze der Behauptung verdankte, Lobenthal und Tilda Manati, Dinkerts Tochter und wichtigste Mäzenin des Lobenthal'schen Ensembles, seien liiert gewesen – im vergangenen Jahrhundert,

so hatte der Schreiberling hinzugefügt. Heute sei der große Sohn der Stadt mit einer siebenundzwanzigjährigen Schauspielerin zusammen.

„Ein Eifersuchtsdrama?“

Lore verzog den Mund, bis ihre Zweifelsmimik Roth an den Ausdruck einer alemannischen Fastnachtsmaske erinnerte. „Seit der Geschichte ist viel Zeit vergangen und Lobenthal sieht aus wie ein ältlicher Verbindungsstudent, ein großer Dicker mit Kahlkopf und immer noch mit runder Nickelbrille. Aber möglich ist schließlich alles.“

„Als Regisseur ist er wohl eine ziemliche Nummer.“

„Und wenn ich es richtig verstanden habe, diesmal auch der Autor des Stücks. Allerdings –“

„Ja?“

„Vielleicht hat es nichts zu sagen, aber mir will nicht aus dem Kopf, wie sie ihm den Kragen gelockert und diese Tablette gegeben hat.“

„Rührt dich das?“

„Jedenfalls macht es nicht den Eindruck, als hätte sie vor, ihn umzubringen.“

„Vielleicht will sie ihre Geisel nicht vorzeitig verlieren. Das sieht doch alles recht kalkuliert aus.“

„Oder nach verminderter Zurechnungsfähigkeit – ausgerechnet mit dir verhandeln zu wollen.“

„Falls sie überhaupt verhandeln will. Dass sie Geld verlangt, ist ja wohl nicht zu erwarten, und durch irgendwelche politischen Verrücktheiten ist sie bisher auch nicht aufgefallen.“

„Wie dem auch sei, hältst du es wirklich für klug, mit ihr zu sprechen? Von mir aus hast du freie Hand, das weißt du. Aber Wieland rät davon ab, und ich glaube, er hat recht, nach deiner Beharrlichkeit im Fall Dinkert.“

„Wieland weiß so gut wie wir, dass dieser Fall schon gestorben war, bevor es Dinkert erwischt hat."
„Ach ... du willst also *nicht* deshalb mit ihr reden, weil du hoffst, dass sie doch noch irgendwas über ihren Vater herausrückt?"
Er hätte Lore gern ihr Lächeln verboten: Als wäre seine Beschäftigung mit Ludwig Dinkert eine lächerliche Absonderlichkeit an der Grenze zur Obsession. Und als könnte die ihm noch schaden.
Oben standen einer der Einsatzleute, von denen sie auf der Treppe überholt worden waren, sowie ein kleiner Mann mit Aluminiumkoffer, den Lore als den Arzt Doktor Bär vorstellte, vor der Tür zur Mittelloge, durch die in diesem Moment Schmauch in die halbrunde Galerie trat, der Einsatzleiter mit der bläulichen Pulvertätowierung auf der Wange.
Wie steht es, fragte Roths Blick.
„Wenigstens hält der Professor inzwischen den Schnabel", antwortete Schmauch.

Bis auf etwas trübes Licht, das durch einen Vorhangspalt aus dem Saal in die Loge sickerte, war es so dunkel, dass sowohl der Beamte im nachtblauen Overall als auch die beiden Männer auf den Samtsesseln in der ersten Reihe nur als Umrisse auszumachen waren. Ein Mensch mit Falstaff-Figur nickte Roth grüßend zu und wischte sich den Schweiß von der Stirn, Wieland dagegen, den weißen Kopf von Zigarettennebel umwölkt, spähte an der schweren Portiere vorbei hinüber zur Bühne. Fast hätte man meinen können, er folge einer anrüchigen Darbietung und wolle seine Anwesenheit hinter den altmodischen Vorhängen verbergen.

Die Manati saß mit dem Rücken zum Saal auf einem Stuhl, scheinbar dem einzigen intakten Gegenstand auf der Bühne, den Kopf unter dem locker aufgesteckten Blondhaar leicht in den Nacken gelegt, eine unangezündete Zigarette in der auf der Armlehne liegenden Linken, die Rechte mit der Pistole im Schoß aufgestützt, die schlanken Beine in den knöchelfreien Hosen leicht gestreckt. In ihrer ruhigen Haltung wirkte sie nicht unattraktiv, beinahe jugendlich, zumindest aus dieser Entfernung und Perspektive. Dennoch war es vielleicht die provozierendste Pose, die eine Frau einnehmen konnte, die vor weniger als einer Stunde, nach der Premiere in einem der renommiertesten Theaterhäuser des Landes, das Feuer auf das Bühnenbild eröffnet und den Regisseur in ihre Gewalt gebracht hatte. Lore hatte den Mann zutreffend beschrieben, nur dass die runde Nickelbrille jetzt nicht mehr auf seiner Nase saß, sondern neben dem massigen, in seiner Wehrlosigkeit traurig anmutenden Körper am Boden lag. In Halbminutenabständen hörte man ein Röcheln.
Wieland hielt die Handgelenke auf seinem übergeschlagenen, wippenden Bein gekreuzt und zuckte bei jedem Schnaufer des Regisseurs zusammen. Trotz der Dunkelheit sah Roth den matten Goldglanz seiner Manschettenknöpfe. Seit Wieland die Auftritte vor Gericht seinen jüngeren Teilhabern überließ, hatte Roth ihn nicht mehr gesehen, doch mochte er auch etwas von seiner Nervenstärke eingebüßt haben, so traf das auf seine Eleganz keineswegs zu.
„Guten Abend, Herr Doktor Roth“, sagte er leise, ohne die Augen von der Bühne abzuwenden, aber wie immer betont höflich. „Wie ich sehe, hat man Ihnen Frau Schillings Aufforderung ausgerichtet. Ich hoffe trotzdem, Sie beabsichtigen nicht, ihr zu folgen. Der Anlass dieses Zusammentreffens

lässt ja keinen Zweifel daran aufkommen, dass meine Klientin im Augenblick nicht imstande ist, die Situation realistisch einzuschätzen."

In Roths Abneigung gegen so gut wie alles, was Wieland repräsentierte, mischte sich die Erinnerung an eine längst vergangene Bewunderung, und sei es für die von keinem Schamgefühl angefochtene Unverfrorenheit seines einstigen Gegners.

Vor sieben Jahren hatte derselbe alte Herr die Interessen jenes Ludwig Dinkert vertreten, dessen Geschäfte zunächst ins Visier der Steuerfahndung und dann der Staatsanwaltschaft geraten waren. Nach wenigen Monaten waren die Ermittlungen, die vor allem Roth ins Rollen gebracht hatte, von der Bundesbehörde übernommen worden und schließlich in der Wirtschaftsabteilung von Europol zum Erliegen gekommen, und zwar drei Jahre, bevor Dinkert an Bord seiner Yacht aus dem Whirlpool gefischt wurde, in dem man ihn ertränkt hatte. Bis zu diesem Tag im vorigen Sommer hatte Roth in einer Grauzone der unausgesprochenen Duldung durch die ihrerseits düpierte Bundesbehörde und unterstützt von ein paar ähnlich starrköpfigen Kollegen noch Nachforschungen angestellt, doch die Ergebnisse waren dürftig geblieben.

Indem Wieland nun die Delinquentin mit dem Namen ihrer Mutter nannte, spielte er einerseits auf den ehrwürdigeren Teil ihrer Herkunft an, ohne direkt auf jene schnöde Art von Immunität hinzuweisen, nach der die Dame partout nicht duften wollte. Tilda Steineck-Ahrenberg-Manati-wieauch-immer, Geborene Dinkert, war zum dritten oder vierten Mal verheiratet und kinderlos, aber seit sie nicht mehr zum Glamourgirl der Schickeria auf Sylt oder sonst wo taugte, ließ sie sich vorzugsweise mit brasilianischen

Straßenkindern, afrikanischen Aidsmüttern oder vor bengalischen Mädchen-Madrasas ablichten, dort natürlich ohne sichtbares Make-up, dafür mit einem ihre klaren Gesichtskonturen betonenden Tuchturban. Erst kürzlich, entsann sich Roth, hatte ihm Lore ein sich gern kosmopolitisch gebendes Magazin für Leserinnen aus gehobenen Einkommensschichten auf den Schreibtisch gelegt, versehen mit einer jener witzig gemeinten Anmerkungen, die ihn in der Annahme bestärkten, der mausetote Fall Dinkert lasse seiner früheren Mitstreiterin in Wirklichkeit so wenig Ruhe wie ihm: *Diana II.*

„Stattdessen", setzte Wieland wieder an, „wäre ein Gespräch mit Professor Lennertz sinnvoll. Nicht zuletzt geht es doch darum, die Würde der Beteiligten zu wahren."

Roth zwängte sich an dem eingeschüchterten Psychologen vorbei nach vorn zur Brüstung, wobei er das Halbrund der anderen Logen betrachtete. Schmauch hatte Umsicht bewiesen, indem er das Einsatzteam zwar unauffällig in den Seitenlogen postiert, vorerst aber auf einen Zugriffsversuch verzichtet hatte: Freie Sicht hatte man ohnehin nur von hier – allerdings auf Rücken und Hinterkopf der Frau –, von den Seiten aus verstellten Kulissentrümmer den Blick, und dann war da noch die Geisel. Womöglich starb der Mann vor Schreck, wenn in den nächsten Minuten bloß jemand hustete.

„Ist das Ihre juristische Einschätzung oder ein moralischer Kommentar?", wandte sich Roth endlich an Wieland.

„Weder noch. Immerhin wissen wir beide, dass Sie nicht der unglücklichen Entgleisung meiner Klientin wegen gekommen sind."

„Ich bin gekommen, weil Frau Manati hier seit knapp einer Stunde einen Mann festhält, der offensichtlich ärztliche

Hilfe braucht, und weil sie verlangt, mich zu sprechen. Ich schlage also vor, wir verlieren nicht weiter unnötig Zeit."
„So sprechen Sie doch leiser!"
„Im Gegenteil, Albert", rief ein volltönender Mezzosopran von der Bühne her, „du hörst besser auf zu wispern. Deine Ratschläge sind heute Abend nicht gefragt. Sonderlich hilfreich waren sie ja noch nie."
„Tilda, ich bitte Sie –"
„Und Sie, Herr Doktor Roth, täten gut daran, sich auf die Bühne zu bemühen. Ich warte schon länger, als Sie vielleicht denken."
Roth verzichtete darauf zu antworten. Die Dame wusste sicher noch sehr gut, dass sie jedes Gespräch mit ihm oder sonst jemandem von der Oberstaatsanwaltschaft abgelehnt hatte, als damals, vor fast genau sieben Jahren, die Voruntersuchung gegen ihren Vater eingeleitet worden war.
„Außerdem", fuhr sie fort, „haben Sie völlig recht: Herrn Lobenthal geht es nicht gut."
„Nun", räusperte sich Wieland, „Sie haben es gehört. Tilda erklärt, für diese Befragung keinen anwaltlichen Beistand zu benötigen. Daher gehe ich davon aus, dass Sie alle ihre Äußerungen als inoffiziell betrachten –"
„Sei doch still." Ihr Tonfall schien ein beleidigendes Maß an Überdruss auszudrücken.
„– im Falle eines Prozesses wären sie ohnehin wertlos, ganz gleich, was meine Klientin in ihrer momentanen Verfassung vielleicht unterschrieben hätte. Falls der heutige Abend eine Schlussfolgerung zulässt, dann die, dass ihr manches weniger wichtig ist, als gut für sie wäre."
„Was muss ich tun, damit du endlich still bist?", fragte die Klientin mit gespielter Neugierde und hantierte mit der Pistole.

Den Mantel über dem Arm, erhob sich Wieland doch etwas schwerfälliger, als Roth es in Erinnerung hatte: „Ich lasse Sie jetzt allein. Tilda erreicht mich natürlich jederzeit, falls sie es doch noch wünschen sollte."
Seine angedeutete Verbeugung wirkte gleichermaßen höflich wie herablassend. Verletzte Eitelkeit, mutmaßte Roth, dabei existierte er für einen wie Wieland doch gar nicht mehr, seit seine Berufung in die Generalstaatsanwaltschaft abgeschmettert worden war.
„Ist er weg?", fragte die Manati.
„Ja."
„Worauf warten Sie dann noch?"
„Lassen Sie mich eines klarstellen –"
„Können Sie bitte etwas deutlicher sprechen?"
Roth atmete tief durch und beugte sich über die Brüstung: „Bevor nicht der Arzt nach Herrn Lobenthal gesehen hat, kann ich Ihnen in keiner Weise entgegenkommen."
„Ja, Herr Lobenthal braucht Hilfe. Sein Stück ist nämlich ein Desaster – im jetzigen Stadium. Aber ganz ohne seine Mitwirkung können wir das ja schlecht ändern, meinen Sie nicht auch?"
Roth unterdrückte ein ärgerliches Lachen; er hatte nicht vor, sich zum Hanswurst einer weiteren Komödie machen zu lassen.
„Haben Sie mich rufen lassen, um mit mir übers Theater zu plaudern?"
„Um Himmels willen, provozieren Sie sie nicht", flüsterte hinter ihm der Psychologe und legte Roth eine butterweiche Hand auf den Arm.
„Warum nicht", versetzte die Manati, „wo Sie jetzt schon einmal hier sind. Aber eigentlich wollte ich Ihnen nur erklären, was sich hier abgespielt hat."

„Das kann von sechshundert Personen bezeugt werden, ich wüsste nicht, wozu es da noch Ihrer Erklärung bedürfte. Wieland wird allerdings keine Mühe haben, einen Arzt zu finden, der Ihnen zeitweilige Unzurechnungsfähigkeit attestiert. Wenn Sie jetzt vernünftig sind, könnten Sie mit einer Bewährungsstrafe und einem Bußgeld davonkommen."

„Ich bin weder an Ihrer Vernunft noch an ärztlichem Beistand interessiert. Ich bin – wie heißt das gleich: im Vollbesitz meiner geistigen und körperlichen Kräfte. Übrigens, wenn jemand ein Bußgeld zahlen sollte, dann unser Genie hier." Sie versetzte dem aufstöhnenden Regisseur einen sanften Tritt. „Es wäre natürlich von Vorteil, wenn Sie heute Abend da gewesen wären. Offen gesagt, hatte ich das erwartet. Wieland ist jedenfalls überzeugt davon, dass Ihr Interesse an meinem Vater noch nicht erloschen ist."

„Wollen Sie andeuten, Sie haben um sich geschossen, weil dieses Stück von Ihrem Vater handelt?"

„Ich will gar nichts andeuten. Das Stück handelt von meinem Vater, und ich erkläre hiermit, darauf geschossen zu haben, weil es nicht der Wahrheit entspricht."

„Weil Ihr Vater nicht so dargestellt wird, wie es ihm angenehm gewesen wäre?"

„Mein Vater stand über solchen Dingen. Nein, *mir* ist es nicht angenehm."

„Aber – die Kunst ist frei", warf der Psychologe ein, um sich sofort wieder in den Schatten hinter Roths Rücken zurückzuziehen.

„Und wie!", lachte die Manati. „Besonders bei Lobenthal. Und ganz besonders, wenn man bedenkt, von wem er die Idee für sein famoses Stück hat – los, mein Lieber, sag's den Herren."

Wiederum rutschte der Frauenfuß mehr über die weltbedeutenden Bretter, als dass er zu einem Stoß gegen den Bauchberg angesetzt hätte, neuerlich jammerte der Regisseur auf.
„Lassen Sie ihn in Ruhe“, sagte er scharf, „sonst muss ich die Einsatzkräfte rufen.“
„Ihre Blaumänner in den Logen? Hoffentlich können sie gut sehen, immerhin sind sie das einzige Publikum unserer überarbeiteten Fassung. Nur auf den Professor können wir wohl verzichten, sein Kunstverständnis ist gar zu einseitig.“
Roth gab dem Psychologen einen Wink zu verschwinden, doch der zog es vor, sich in seinem Sessel zusammenzukauern. Ärgerlich ließ Roth sein Handy aufschnappen und verständigte Schmauch per SMS.
„Wirklich schade, dass Sie nicht in der Vorstellung waren“, sagte Tilda versonnen. „Eine hervorragende Inszenierung, die Kritik wird sich überschlagen. Allein die erste Szene: die Wohnküche einer Arbeiterfamilie, die verhärmte Mutter an der Nähmaschine, wo sie von frühmorgens bis spät in die Nacht schuftet, und die kleinen Geschwister, die auf dem Bett im Hintergrund schlafen, dicht bei dicht wie ein Wurf Feldmäuse in einem Erdloch – das alles als Videoinstallation über zig Bildschirme im Hintergrund mitlaufend ...“
Jetzt erst fiel ihm auf, dass das Chaos auf der Bühne größtenteils aus Fernsehern bestand, Monstren aus den Anfangsgründen des Mediums, deren lupenartig gewölbte Bildschirme unter den Schüssen in Tausende Splitter zersprungen waren.
„Natürlich“, murmelte sie weiter, „die doppelt und dreifach belichtete Realität der Hauptfigur, die im Zentrum der Bühne allein an einem prächtigen, mächtig großen Schreibtisch in einem prächtigen, mächtig großen Büro

sitzt und dabei immer noch der Junge aus der Ackerstraße ist – *Ackerstraße*, so hat Lobenthal die Straße genannt, aus der sein Held kommt, Acker wie Gottesacker, darum sieht man vom Fenster der Wohnküche aus auch gleich auf einen Soldatenfriedhof. Übrigens hieß die Straße, in der mein Vater aufgewachsen ist, tatsächlich so. Und wahrscheinlich hat es da ganz ähnlich ausgesehen wie auf den Bildschirmen. Es gehört zu Lobenthals bewährten Kunstgriffen, immer genau so viele Fakten beizumischen, dass seine Fiktionen wahrhaftig erscheinen, andererseits aber die Fakten fiktiv wirken zu lassen. Einen Friedhof zum Beispiel hat es in der Ackerstraße nicht gegeben. Dafür eine Hochbahnstation, eine Bettfedernfabrik und eine Abdeckerei. Und in einer Gründerzeitvilla, die man beim Bau der Mietskasernen, wer weiß wieso, vergessen hatte abzureißen, ein Freudenhaus. Ich frage mich, mein lieber Martin – ich darf dich wohl noch so nennen? –, ich frage mich: Wenn du dir schon die Mühe gemacht hast, so weit auszuholen, was hat dich dann dazu bewogen, dieses Haus wegzulassen? Zusammen mit der Fabrik und der Abdeckerei weist so ein Straßenbild doch genau die Sorte Sinnfälligkeit auf, die du sonst schätzt. Außerdem verkehrte mein Vater dort, bis er ungefähr siebzehn war. In der verrotteten alten Villa hat er gelernt, was er über Handel und Wandel wissen musste – ein bedeutsamer Ort also, und darum geht es dir doch, nicht?"

Im Stillen begann Roth, den Regisseur mitsamt seinem schwachen Herzen zu verwünschen. Seine Stücke mochten gut sein oder miserabel, wen interessierte das letzten Endes, doch wenn es nicht bald gelang, entweder ihn von der Bühne oder den Arzt zu ihm zu bringen, konnte es übel für ihn ausgehen.

„Hören Sie, Frau Schilling – Frau Manati –"
„Nennen Sie mich Tilda, das ist unkomplizierter."
„Gut, also Tilda. Hören Sie, es ist noch nicht zu spät. Ich komme zu Ihnen, falls es das ist, was Sie wollen, wenn Sie zuerst Herrn Lobenthal von einem Arzt untersuchen lassen."
„Später vielleicht. Im Moment habe ich den Eindruck, Sie konzentrieren sich von dort oben aus doch besser auf die wichtigen Fragen, als wenn Sie hier unten versuchen müssten, die Situation unter Kontrolle zu bringen."
„Aber das ist sie schon, nicht wahr? Verhalten Sie sich ruhig, und wir finden gemeinsam eine Lösung", erwiderte Roth, während er Schmauchs Nachricht las: *Souffleurkasten.*
„Welche Fragen meinen Sie?"
„Kannten Sie meinen Vater?"
„Ich bin ihm nie begegnet."
Sie seufzte. „Probieren wir es noch einmal: Kannten Sie meinen Vater?"
„Ich kannte seine Geschäfte. Oder sagen wir, die Schatten, die manche davon unter bestimmten politischen Wetterverhältnissen hin und wieder warfen."
„Sie formulieren sehr rücksichtsvoll. Dass er an jedem zehnten Gramm Plutonium oder Kordit, TNT oder HMX verdiente, das zwischen Nordafrika und Zentralasien, Panjab und Nahost den Besitzer wechselte, hat man wahrscheinlich nicht nur in Ihrer Behörde gewusst. Aber lassen wir das. Für Sie war er ein Schatten, so ungreifbar wie die Gerüchte in einem inzestuösen Dorf, und ähnlich unappetitlich. Ich habe meine Erinnerungen. Ich weiß noch, kurz bevor meine Mutter die Scheidung einreichte, fragte ich meinen Vater einmal nach seiner Mutter, meiner Großmutter Martha, der Näherin aus der Ackerstraße – wenigstens von ihr werden Sie ja wissen, oder?"

In der Tat war Roth im Zuge seiner Nachforschungen auf eine Hilfsarbeiterin namens Martha Wesel gestoßen, die Dinkerts Mutter gewesen sein sollte, bevor der den guten Namen seines Adoptivvaters angenommen hatte. Doch hatte dieser Hinweis lediglich zur Adresse eines ausgebombten Archivs sowie zu dem Friedhof geführt, auf dem Martha achtundfünfzigjährig begraben worden war. Das Standesamt, das vermutlich die Geburtsurkunde Ludwig Wesels alias Dinkert ausgestellt hatte, war 1950 ausgebrannt, und so war seine Herkunft genauso geheimnisumwittert geblieben wie seine Kunstsammlung oder die Mädchenkollektion, mit der er sich noch auf hoher See und bis zu seinem vorletzten Tag die Zeit vertrieben haben sollte. Über die letzten zwanzig bis dreißig Stunden dieses sonst so genussverwöhnten Lebens machte Roth sich keine Vorstellungen, bezweifelte jedoch, dass solche viel an seinem Standpunkt geändert hätten.

„Mein Vater lachte und sagte, er sei aus keiner Frau gekrochen. Als er sah, dass ich nicht verstand, was er meinte, knöpfte er sein Hemd auf und zeigte mir seinen Bauch. Schau her, sagte er, ich habe keinen Nabel. Es stimmte."

„Ist das Ihr Ernst?"

Tilda zuckte die Schultern.

„Sein Bauch eine einzige Narbe. Irgendjemand war ihm mit dem Messer zu Leibe gerückt. Wirklich, Lobenthal, ich begreife nicht, wie du dir die Szene entgehen lassen konntest. Es wäre bestimmt grandios geworden, auf heldische Art blutig – und was hätte das für einen Zirkelschluss geben können, rein formal, mit den Nachrichten-Sequenzen am Schluss, über den feigen Mord an Ludwig Dinkert ... Schade, diese Einzelheiten über Vaters Jugend sind wohl einfach deinem Klischeefilter zum Opfer gefallen. Das Dumme an der Wahrheit ist bloß, dass sie von Klischees oft nur so wimmelt."

„Wie kam es zu dieser Narbe?", fragte Roth, um ihre Aufmerksamkeit von dem Regisseur abzulenken.
„Vielleicht war es ein Kunde in der Gründerzeitvilla. Eine Zeitlang arbeitete Vater dort – heute würde man sagen, als Securityspezialist – schon mit sechzehn, wussten Sie das nicht?"
„Nein." Schmauchs Botschaft schien vor Ungeduld zu vibrieren: *Kein Schlüssel. Halt sie hin.* „Aber woher wissen Sie überhaupt davon?"
„Mein Vater hat es mir erzählt."
„Als Ihre Eltern geschieden wurden, waren Sie gerade mal ..."
„Neun. Oh, mein Vater hat meine kindliche Auffassungsgabe nie unterschätzt."
Vor Roths innerem Auge formte sich ein Bild: ein grobschlächtiger, geschmackvoll gekleideter Mann mit einem blondhaarigen, dünnen Kind auf den Knien, das ihn anstarrt, verständnislos und doch verschreckt, während aus seinen unverständlichen Wörtern Verachtung dampft und dem Mädchen in die Atemwege kriecht wie ein sämiger, giftig-hitziger Brodem.
„Ihr Vater muss verrückt gewesen sein, so etwas einem Kind zuzumuten."
„Verrückt ... wie schnell Sie mit dem Wort bei der Hand sind."
„Welches würden Sie vorziehen?"
„Glauben Sie an das Böse, Roth?"
Hausmeister kommt in 5 min, simste Schmauch.
„Wie auch immer, ich finde, Lobenthal hätte auf diese frühen Jahre viel mehr eingehen müssen, es waren so prägende für meinen Vater. Er lernte Menschen kennen." Tildas Stimme nahm eine dozierende, leiernde Färbung an. „Mit dreiundzwanzig verlobte er sich zum ersten Mal, mit

der Tochter eines Hoteliers, aber der Schwiegervater in spe ließ die Verlobung platzen. Mit vierundzwanzig heiratete er Dora Ferl, eine Witwe Anfang der Vierzig, die ihm nicht mal zwei Jahre später ein kleines Vermögen hinterließ, ein paar Wertpapiere, außerdem zwei Mietshäuser, die er rasch verkaufte. Sich für kleines Geld mit Mietern und undichten Wasserrohren abzuplagen, lag ihm nicht. In der Todesanzeige hieß es, Dora sei *nach kurzer, schwerer Krankheit verstorben.* Woran, weiß ich nicht. Auch nicht, weshalb Lobenthal auf sie und ihren plötzlichen Tod verzichtet hat – sag schon, Lobenthal, warum hast du Dora verschwiegen? War sie dir auch zu banal?"

Der weiche Körper am Boden schwappte in eine neue Variable der Formlosigkeit, als über der Bühne ein Scheinwerfer aufflammte, Tilda stampfte mit beiden Füßen auf, die Hand mit der Pistole fuhr in die Höhe.

„Was – wer ist das? Roth, wo sind Sie?"

Im Licht des einsamen Scheinwerfers war die Haut ihres erhobenen Unterarms gelb und dünn wie Pergament, und die hervortretenden Knochen ließen die Frau mit einem Schlag ausgezehrt wirken.

„Hier, Tilda. Ich höre Ihnen zu. Und – ich glaube, ich fange an zu verstehen –"

„Was soll das? Meinen Sie, ich wüsste nicht, wie Sie über mich denken? Sie stellen sich doch vor, Leute wie ich brächten sich vor Langeweile um."

„Passen Sie bloß auf", zischelte der Professor, „sie hat nicht mehr viel zu verlieren."

„Sind Sie das, Lennertz? Wollten Sie nicht schon auf dem Heimweg sein? Ich dachte, wir hätten uns geeinigt, dass Sie es aufgeben, an meinen ödipalen Konstellationen herumzudoktern."

„Raus", gab Roth zurück, und laut zu Tilda: „Es gibt Leute, deren Langeweile ist so destruktiv wie ein Schwarzes Loch. Die ziehen andere da mit hinein. Aber ich denke jetzt nicht mehr, dass Sie zu denen gehören."

„Was denken Sie jetzt?"

„Dass Sie andere Gründe haben für – das hier. Wir haben etwas gemeinsam, Tilda, das glaube ich. Lassen Sie mich zu Ihnen kommen, auf die Bühne, so wie Sie es am Anfang wollten. Lassen Sie uns reden."

„Worüber?"

„Über Ihren Vater."

„Über ihn gibt es nicht viel zu reden. Mein Vater war ein Verbrecher. Möglich, dass er seine erste Frau umgebracht hat, vergiftet vielleicht. Aber damit hätte er es nie auf eine Statistik gebracht, die ihm Ihr Interesse eingetragen hätte. Soundsoviele Minenopfer in den Bürgerkriegsgebieten vom Sudan bis nach Palästina, nicht gerechnet diejenigen, die in den Krankenhäusern an gepanschten Medikamenten sterben. Auch wenn das allein Sie kaum auf den Plan gerufen hätte, nicht wahr, das waren die verlorenen Steuermillionen. Aber die wiederum hätten nicht ausgereicht, um ein Theaterstück über ihn zu schreiben. Obwohl da dauernd irgendwelche Zahlenkolonnen über die Bildschirme flimmern – wozu eigentlich, Lobenthal? Was will der Autor uns damit zeigen, ein Zahlenrätsel? Warum konntest du nicht einfach *sagen,* wie es ist?"

Der Regisseur hörte auf, nach Luft zu schnappen.

„Er kann Ihnen nicht antworten. Sehen Sie ihn doch an. Ich komme jetzt zu Ihnen."

„Erst will ich eine Antwort von unserem Künstler: Warum hast du gelogen, Lobenthal?"

„Ich. Habe nicht –"

Die arhythmische, die Satzteile in der Schwebe haltende Sprechweise des Regisseurs bildete einen überraschenden Kontrast zu der Festigkeit seines Statements, mit dem er nach einer weiteren Schweigesynkope und, wie Roth zu sehen meinte, einem Lippenlecken über seine Schnappatmung triumphierte: „Gelogen!“
Drin, meldete Schmauch. *Komme,* tippte Roth.
„Das hast du schon gesagt, bei der Generalprobe, erinnerst du dich? Allmählich ermüdest du mich, du glaubst nicht, wie ... Also gut, Roth, kommen Sie. Aber nur Sie.“
„Wie geht's dem armen Kerl?“, fragte Lore und nutzte die Gelegenheit, der Belagerung durch den vor der Loge ausharrenden, jetzt verstimmt an seiner Krawatte zupfenden Lennertz zu entkommen.
„Er wird's überleben, hoffe ich – für Tilda.“
„Tilda?“
Roth rannte treppab, nahm den falschen Ausgang, hastete zurück ins Foyer. Vor dem Saal schöpfte er Atem. Zwei Einsatzleute wichen zur Seite wie die Flügel einer Schiebetür.

„Sie kommen von der falschen Seite“, sagte sie, als er die Bühne erklommen hatte. Ein Aufdruck auf der Rückenlehne klärte ihn darüber auf, dass es sich bei ihrem unbequemen Sitzmöbel um ein Stück aus der Künstlerkantine handelte. „Der klassische Held kommt nicht aus dem Zuschauerraum. Bei seinem ersten Auftritt erscheint er üblicherweise aus der Mitte des Bildes. Stimmt's nicht, Lobenthal?“
Roth schlug einen Bogen am Bühnenrand entlang, bis er Tilda erst im Profil, dann von vorn erkannte. Unter seinen Sohlen knirschten Scherben.

„Bleiben Sie da drüben stehen, Herr Doktor, wenn es Ihnen nichts ausmacht.“ Ein paar Haarsträhnen, die mehr Grau enthielten, als er gedacht hätte, fielen ihr in die Stirn. Roth riskierte einen Seitenblick in den lichtlosen Souffleurkasten. Schmauch war nicht zu sehen, gut. Er linste nach dem Regisseur. Dessen Augen waren offen, die Lippen bläulich, doch er atmete relativ regelmäßig.
„Ich habe nie den Ehrgeiz gehabt, ein Held zu sein, Tilda.“
Mit der Linken suchte sie etwas in der Tasche ihrer Abendhose und brachte einen kleinen Silberschuber zum Vorschein, in dem eine Streichholzschachtel mit abgewetzten Reibeflächen steckte. In der Rechten hielt sie noch immer die Pistole. Es war wirklich eine Luger, wahrscheinlich eine in Großbritannien gefertigte P 08, nicht so genau wie eine Walther, dafür selbst in zerlegtem Zustand schussfertig, sofern nur eine Patrone im Lager steckte.
Roth hörte die Hölzchen im Innern der Schachtel insektenhaft klappern, als Tilda eines davon entzündete. Ihre Schläfen waren so durchsichtig, dass er fürchtete, ihr Blut hindurchpulsen zu sehen, wenn er noch länger hinschaute. Sie nahm einen tiefen Zug.
„Wer weiß. Als Sie mich damals vorluden, habe ich Sie für einen gehalten.“
„Sie sind nicht erschienen.“
„Das Leben gefiel mir, ich wollte es behalten. Außerdem hätte ich Ihnen sowieso nicht helfen können.“
„Sie hätten mir zum Beispiel von Ihrer Großmutter erzählen können. Alle Fakten zählen.“
„Als ob es jemals an Fakten gemangelt hätte. Sie bestehen aus Zahlen, denen andere Zahlen widersprechen. Bilanzen, Verträge, Frachtpapiere. Dahinter weitere Bilanzen, Verträge

und Frachten, mehr Papier. Ich hatte bloß eine Geschichte, ziemlich kurz und das meiste davon noch nicht mal schriftlich. Sie hätten nichts damit anfangen können."
„Sie haben sich lieber mit Herrn Lobenthal unterhalten."
„Wir kannten einander ganz gut, wie Sie wissen, und er schien der richtige Adressat zu sein. Nach dem Tod meines Vaters war es dann auch der richtige Zeitpunkt. Leider hat sich Lobenthal mehr aus den Rührstücken der Presse über die Hinrichtung bedient –"
„Er. Mordung", stieß der Regisseur hervor. „Begreifst. Du das Nicht. Es ist –"
„– und ansonsten bei seiner Phantasie. Von dem, was ich ihm erzählt habe, ist nicht viel übrig geblieben."
„Es ist. Theater. Man formt. Transformiert –"
„Ist das nicht immer so?" Roth machte einen halben Schritt auf ihn zu, ohne den Fuß zu heben, um sich nicht durch das leise Knirschen der Splitter zu verraten. „Dass man ein paar Details verändert, Namen und Charaktere? Trotzdem erkennt man wieder, wer und was gemeint ist."
„*Man* kennt nur Dinkert, den Unternehmer, und Ludwig, das Opfer mit den Lungen voll Chlorwasser, diese beiden hat man heute Abend wiedererkannt. Gut, möglicherweise sagt sich jetzt der eine oder andere: Oh, der hatte also vielleicht doch ein paar Flecken auf der Weste – was war das gleich?, und einige ältere Leute könnten sich erinnert haben, schon mal irgendwo gelesen zu haben, dass er Adoptivsohn von Hermann Dinkert war, und dass die Dinkert-Werke die Nazis belieferten. Deshalb kommt wenigstens das im Stück vor, es war ja kein Risiko mehr dabei. Aus demselben Grund kommt übrigens auch ein Staatsanwalt vor."
„Der Mann spielt eine undankbare Nebenrolle, nehme ich an."

„Ja, bloß ist es eigentlich kein Mann. Sehen Sie, früher hat Lobenthal auch schon manchmal die Rollen vertauscht. In *Strauchdieb* gab er dem Dieb die Züge eines Richters, gegen den jahrelang immer wieder Korruptionsvorwürfe laut geworden waren – also mehr oder weniger laut. Man wusste, für wen der Dieb im Stück stand. Aber anhängen konnte der dem Ensemble nichts. In gewisser Weise geht unser Dramatiker heute ein bisschen weiter. Zum Beispiel lässt er mich als diesen Staatsanwalt auftreten."
„Und, erkennen Sie sich nicht wieder?"
Sie erschauerte, ihre Augenlider zuckten.
„Was glauben Sie", sagte sie heiser, „warum ich Lobenthal von meinem Vater erzählt habe: Damit er irgendeine Figur aus ihm schnitzt? Ihr Eigenschaften hinzuaddiert und Handlungen subtrahiert? Aus Ludwig wird ein ehrgeiziger Adoptivsohn aus kleinen Verhältnissen, aus Hermann Dinkert, ohne dessen Einfluss und Erbe die Schiebereien meines Vaters gar nicht durchführbar gewesen wären, wird ein von den Nazis Überrumpelter, der mehr an meine von ihrem Ehegemahl überrumpelte Mutter erinnert als an sich selbst. Mein Vater erinnert nur an den ewigen Aufsichtsratsvorsitzenden aus einem x-beliebigen Magazin – das heißt, wenn er nicht gerade den Jungen aus der Ackerstraße vorstellt, der er nie gewesen ist, aus der Ackerstraße mit dem Friedhof, der auch nie existiert hat. Wo ist der Friedhof, auf dem meine Großmutter Martha begraben liegt? Wo das Grab von Dora Ferl?"
Roth schwieg und tat den nächsten Halbschritt.
„Wo ist meine Mutter, die von ihrem Großonkel Hermann mit meinem Vater verkuppelt wurde – wie eine kostbare Kuh, damit die Dinkert-Werke in der Familie blieben, meine Mutter, die sich nach ihrer Scheidung eigentlich mit

keinem Menschen mehr abgegeben hat? In den Roben der unwürdigen, auf jung getrimmten Alten? Und wo bin ich, das Mädchen, dem sein Vater sagte, dass er aus keiner Frau gekrochen kam? Ich stecke im Anzug des Staatsanwalts, der nichts zu tun hat, außer aufzutreten und nach Verlesen irgendwelcher Paragraphen seinen Abgang durch die Mitte zu nehmen, weil er sonst nichts tun kann, und – hübsch in Einzelteile dividiert – in noch ein paar Figuren, glaube ich, die ich mir mit anderen Zerlegten teile und die natürlich auch nichts zur Sache tun. Was kann bei einem Stück, in dem es außer der des Schurken kaum eine Sprechrolle gibt, schon herauskommen?"

Roth verbiss sich ein Lächeln. Wie es sich anhörte, lag die Anklägerin mit ihrer Kritik nicht in allen Punkten richtig, und Lobenthal hatte bestimmte Realitäten schlechterdings brillant eingefangen.

In einer Loge zu seiner Linken bewegte sich ein nachtblauer Umriss, dezent wie Rauch, wenn Tilda sich jetzt um zwanzig, dreißig Grad zum Bühnenrand hin drehte, erfasste sie der Sucher von vorn. Er tat noch einen Schritt und hörte im Geiste den Mann in der Loge fluchen.

„Ich hatte mehr von dir erwartet, Lobenthal. Mehr als diesen Mummenschanz mit vertauschten Rollen und verschachtelten Figuren, mehr als Symbole und postmodern tuende Bildschirme. Ja, sehen Sie ihn sich an, Herr Staatsanwalt, den Künstler, den genialischen Feigling, er hat ein Zahlenspiel aufgeführt, mit dem Ergebnis null! Wie lautet Ihr Urteil?"

„Was erwarten Sie denn vor mir! Ja, vielleicht ist er ein Feigling – soll ich ihn deshalb verhaften lassen? Oder weil er ein schlechtes Stück geschrieben hat?"

„Es ist kein schlechtes Stück, es ist nicht mal völlig unwahr. Es ist schlimmer, Herr Staatsanwalt, ein halbwahres

Stück, eine Gesellschaftsschmonzette, gut gemacht, ja, mitreißend vielleicht, ein schmissiger Witz, der auf nichts weiter hindeutet als auf den Herrn Regisseur."

Der nun schwach den Kopf schüttelte. Roth versuchte ihm ein Zeichen zu geben, und der Mann schloss den Mund.

„Was denkst du dir, Lobenthal, hältst du die Welt für Theater? Das Leben anderer für Meterware, aus der du nach Belieben was herausschneiden oder anstückeln kannst? Es ist meins, verstehst du, und wenn das ein Stoff ist, dann gehört er mir."

„Vielleicht", sagte Lobenthal. „Ist es. Dein Leben. Ich bin nicht. Sicher. Zu viele." Roth beugte sich über ihn und erschrak. Der Regisseur keuchte unter einer Gemütsbewegung, die verdächtig nach Belustigung aussah.

„Zu viele stecken. Mit drin. Was ist mit. Denen? Du. Machst es genauso. Sprichst über. Andere. Über. Ereignisse. Die du nicht. Mal erlebt hast. Machst dir ein Bild. Von denen. Erinnerst dich. Mehr oder weniger. Gut. Mit jedem. Mal ein bisschen anders. Falscher. Oder besser. Also auch. Falsch. Und wenn. Es gehört ihnen. Nicht. Keinem gehört. Irgendwas davon. Allein." Wieder erschütterte eine erstickte, nichtsdestoweniger von Herzen kommende Lachsalve sein Fleisch, von dem das brusttief geöffnete Hemd einen bleichen, zarten Ausschnitt offenbarte. „Merkwürdig. Ich dachte immer. Du hättest das. Verstanden."

Tonlos fing Tilda an zu weinen.

„Du bist es, der nicht versteht. Weißt du noch, wie wir über dieses Stück gesprochen, was wir uns vorgestellt haben? Du dachtest an irgendwas zwischen existenzialistischem Schwank und volkstümlicher Dokumentation, mir war's gleich, nur wahr sollte es sein, so wahr wie möglich. Deshalb habe ich dir erzählt, was ich wusste. Aber du hast dir

davon das eine genommen, und das andere nicht. Hast ausgewählt und weggeworfen, hier geglättet, da übertrieben bis zur Karikatur. Du hast alles entstellt, bis nichts mehr übrig war außer dem, was alle Welt zu wissen glaubt – o Gott, du hast es *erfunden*."
„Ja. Erfunden. Wie –" Lobenthal bleckte vor Anstrengung die Zähne, aber es kamen keine Wörter dabei heraus.
Sie wischte sich die Tränen von den Wangenknochen. Roth begriff nicht, wie er sie vorhin für attraktiv hatte halten können, wenngleich nur auf die Art, die man eben an ihresgleichen attraktiv findet, auch wenn die einem nicht gefällt. Er wühlte im Jackett nach einem Taschentuch, ohne dass sie auf das Verschwinden seiner Hände reagierte, und fand keines. Stattdessen war der Mann am Boden nun doch noch fündig geworden: „Du auch!"
Roth entschied, dass es an der Zeit war, zum Ende zu kommen.
„Tilda ... können Sie nicht endlich die Waffe ablegen? Sie haben doch, was Sie wollten."
Sie leckte sich glasklare Flüssigkeit von der Oberlippe und sah ihn nachdenklich an. „Glauben Sie?"
„Bitte, legen Sie die Pistole einfach auf den Boden."
„Werde ich jetzt verhaftet?"
„Ja", sagte Schmauch und ließ den unaufdringlichen Metallton eines kurzen, einrastenden Hebels erklingen. „Verlassen Sie sich darauf."
Die Luger fiel auf die Bretter.
Aus dem Off näherten sich Schritte, die Kronleuchter im Parkett wurden eingeschaltet und zerstreuten den grellen Fokus des einsamen Scheinwerfers in ihrem milderem Licht. Eine Krankenbahre schwebte heran, um den Leib der Geisel wurde es geschäftig.

Schmauch kletterte aus dem Souffleurkasten. Mit einem seltsam fernen Ausdruck des Erstaunens blickte er um sich und in den Saal, dann erst wandte er sich Tilda zu, bot ihr die Hand, als wollte er sie zum Tanz auffordern. Bei der Bahre entzog sie sich ihm. Den Kopf auf die Schulter gelegt wie ein Vogel, der schlafen möchte, sah sie auf den schon festgeschnallten Patienten hinunter. Ihr Zeigefinger streifte seinen mit einer Behutsamkeit, von der sich schwer sagen ließ, ob sie sich verspäteter Rücksichtnahme oder einer anderen Regung verdankte, ihrer Stimme verriet es nicht: „Wie hätte sich sonst irgendjemand für diese Geschichte interessieren können?"

Kein übler Abgang, dachte Roth, für diesmal. Die Frau mochte erkrankt sein, schon als sie auf den Knien ihres Vaters gesessen und seine kriminelle Verachtung eingeatmet hatte, doch dass ihre Empörung ausschließlich der Verblendung entsprang, in der sie sich einst Lobenthal anvertraut hatte, bezweifelte er nicht erst seit den letzten Minuten. Wieland lauerte, und Lennertz würde auf einen Klinikaufenthalt drängen, um sie außer Schussweite der Kameras zu bringen, aber für heute gab es kein Halten mehr. Draußen wartete die versammelte Journaille, und höchstens der Regisseur, dem Doktor Bär eben die Brille aufsetzte, würde sich verschwiegen geben und eine umso bessere Figur dabei machen. Die Kunststoffröhrchen in seiner Nase standen ihm nicht schlecht. Als Roth sich mit einem Händedruck verabschieden wollte, hielt Lobenthal ihn fest.

„Sagen Sie ihr. Mit den Bildschirmen hatte sie."

„Ja? Was hatte sie?"

Die Augen hinter seiner Brille waren rund und braun und ihre Melancholie undurchdringlich.

„Recht."

Inhalt